百年中国新诗编年

第 五 分 册

1957-1965

主编：张清华　　分册主编：赵林云

山东文艺出版社

序

赵林云

新诗的道路就像是一条流动的大河，有一泻千里的汹涌澎湃，也有静水流深的曲折回旋。其中，1957年至1966年，就是面貌独特的一个时段。概括起来，其基本特征主要表现在以下几个方面。

首先是大的政治环境的突变。这十年中，两次全国性的政治运动极大地改变了诗歌的方向和道路，一次是"反右"，另一次是"文革"。1957年上半年，权威诗歌刊物还在刊登流沙河的《草木篇》（写于1957年前）和公刘的《迟开的蔷薇》这一类作品，到了7月，风向即陡然逆转。以7月号《诗刊》刊载的"反右派斗争特辑"为标志，中国当代诗歌便从总体上的颂歌时代，进入更为莫测和激进的"战歌"时期。艾青、田间等老一代诗人的创作，本来就因政治环境和各种原因而出现了某种停滞，而此时更多人被打成"右派"，或被迫噤声，诗界的生态进入了一个空前单一甚至凋敝的时期。虽也有努力尝试转型者，但即便是郭小川这样的"战士诗人"，也陷入了迷茫与困顿之中。原本就已经颂歌独领的当代诗坛，此时又被浮夸气氛和阶级斗争的火药味所充斥。

1958年初，毛泽东提出了"革命浪漫主义和革命现实主义相结合"的"新民歌"构想，并将之确定为中国新诗发展的方向。至此，"反右"运动已基本结束，当代诗歌的风向再次为之一变，进入以工农大众作为创作主体、诗人和知识分子亦参与其中的一个新阶段。民歌体诗歌作品大量涌现，工农出身的写作者纷纷登堂入室，如李学鳌、温承训、韩忆萍、王老九、刘章等。与此同时，一批适应了新气候的成名诗人仍然时有新作，如袁水拍、贺敬之、张永枚、李瑛等。尽管他们年龄和成长历程不同，但在这一阶段中都还算活跃，也创作出一些影响广泛的诗作，如《月夜潜听》（李瑛）、《西去列车的窗口》（贺敬之）、《又回南泥湾》（贺敬之）、《森林抒情诗》（孙静轩）、《甘蔗林——青纱帐》（郭小川）等。至此，国家意象、颂歌主题、民歌元素与极端浪漫主义，始终伴随着当代诗歌进程，一直延续到"文革"之前。

在这十年中，由于新中国刚刚成立不久，出于民族团结、文化融合的政治需求，少数民族诗歌创作相对繁荣，涌现出以纳·赛音朝克图、饶阶巴桑、巴·布林贝赫与康朗英等为代表的众多少数民族诗人群，构成了一道独特的艺术景观。其中有些诗人的创作一直持续到"文革"后。值得一提的是，这一阶段里，除了个人抒情诗作以外，少数民族的史诗以及民间口传文学的挖掘整理工作，亦颇有建树。

与其他年代相比，长诗创作在这十年中所占比例甚大。限于篇幅，虽已选出9首长诗，却仍有遗珠之憾。比如，郭小川的长诗作品已经选入《一个和八个》与《望星空》，实际还有另外一些也很有价值，但考虑到比例均衡问题，只好舍弃。另外，从艺术质量而言，像洛夫的《石室之死亡》、郭小川的《一个和八个》这类作品，无论是从诗歌理念还是从创作方法、艺术特色的体现来看，即使置于整个中国新诗史来考量，也都是可圈可点的。甚至，是不是可以这样说，在截至1960年代的整体新诗创作中，这十年的长诗写作所取得的成就应该是比较高的。

　　与大陆诗坛情景完全不同的是，台湾诗歌呈现出另一种风貌。如果说在这十年中，大陆诗歌因为政治因素造成了五四新诗传统的某种断裂的话，那么，承接了 1930 年代现代新诗传统的"现代派"诗歌写作在台湾却出现了繁荣的局面。虽然大陆诗歌处于日益封闭的局面，然台湾诗歌却上承中国古典及新诗传统，下以横向的世界视野，形成了汉语新诗的兴盛局面。1950 年代初，在老一代诗人纪弦、覃子豪等人的推动下，新一代年轻诗人也迅速成长起来，像痖弦、洛夫、余光中、郑愁予、夏菁、罗门、蓉子、白萩等，都以鲜明的个性特色贡献了自己的作品。台岛诗歌界因此得以很快挣脱了官方政治意识形态的束缚，将艺术探索的触角伸向了广阔的时空。

　　1950 年代初发轫的现代主义诗潮，在台湾发展到第一个十年末，产生了一大批在艺术上比较成熟的作品。像纪弦的《阿富罗底之死》《春之舞》《一片槐树叶》《你的名字》，痖弦的《红玉米》《船中之鼠》，余光中的《当我死时》《西螺大桥》《等你，在雨中》，洛夫的《雪地秋千》《石室之死亡》，蓉子的《我的妆镜是一只弓背的猫》等等，都可谓脍炙人口。有意思的是，台湾现代诗创作和流派形成都是围绕着不同刊物而进行的。以纪弦为核心的《现代诗》，覃子豪、夏菁、余光中等成立的"蓝星"诗社，加上洛夫、痖弦、张默等创立的"创世纪"诗社，形成了"互相牵制而成三足鼎立之势，波浪起伏地向前推动"（洪子诚语）的局面。其中，纪弦为首的"现代派"群体主张"横的移植"，强调"知性的写作"，要形成与西方现代派诗歌的对应；余光中等人的"蓝星"则主张"纵的继承"，倡导"抒情"的写作，坚决反对舶来立场；而痖弦、洛夫等人的"创世纪"诗社，则主张具有东方意味的"新民族诗型"。

在这十年中，台湾现代主义诗潮大体又分为两个阶段。以1956年纪弦发起成立"现代派"为标志，现代诗运动迎来第一个高峰；从1959年《创世纪》扩版到1960年代末，台湾现代诗的重心转至以"创世纪"群体为主导的阵营，后者大量吸纳了先前属于"现代派""蓝星"的成员。这一形势类似于黑格尔所说的"正反合"，"创世纪"群体通过整合前两者的观念，进而主张师法西方的"超现实主义"，作为运动逐渐落潮，但在创作方面则有持续收获。特别是以痖弦和洛夫等为代表的"创世纪"群体，摒弃原有的较为狭隘的民族主义眼光，力主将诗歌的笔触深入梦境与无意识，以强化诗歌内部的对称性结构。尽管后期的现代诗运动已经失去了先前的热闹，但写作的实绩很是值得重视。

祖国大陆和台湾两地诗坛，既各自独立存在，又仿佛存在着某种神秘的潜在互动。在这十年中，仿佛是特意互为对照，又实现了有效的互补。现实主义在大陆获得长足发展，而台湾却续接了1930年代的现代主义；待到又十年过去，1960年代中期之后，台岛出现了现实主义的诗歌潮流，而大陆则在地下兴起了一股现代主义诗歌的"潜流"。这种交替和换位，既是外部政治与文化环境的产物，同时也反映着艺术内部的运变规律。

接受编选这十年诗选的任务时，曾经主观地想，那样的年代里，优秀的诗歌作品应该十分匮乏，编选工作也会难如大海捞珠。出乎意料的是，当真正面对历史深处的诗歌世界时会发现，无论在什么样的年代里，诗歌的生命都十分顽强。在中国，诗人的命运，诗歌的命运，始终和国家、民族的命运密切相关，和政治风向的变化息息相关。诗人们戴着镣铐跳舞也好，蹑手蹑脚书写也罢，哪怕是困惑迷茫地写，提心吊胆地写，也会不时地有令人惊奇与讶异的作品问世，这些作品也总会生动地记录着时代的变迁，以及个人与族群的精神历程。尤其是，当我们将海峡两岸近乎完全不同，又有内在呼应的历史运变，还有那些形态各异的文本并置于一起的时候，历史本身的戏剧性与诗人间精神的交会，都会生发出始料不及的丰富含义。这是足以令人欣喜和慰藉的，也是启示良多的一个过程。

最后，需要特别说明的是，本卷在编选时坚持了如下原则：一、所选诗歌以最早发表作品的原刊物为首选，以求资料的准确性；二、鉴于特殊的历史原因，长诗和台湾诗歌在本卷中所占比例较大，郭小川、郑愁予、余光中、蓉子、洛夫等诗人的诗歌作品选入较多，一方面是出于展现该时段长诗创作面貌的考虑，再就是尽可能地对于艺术品质的凸显；三、在众多已出版的选本与文献资料之外，力图查漏补缺，以期增加本书的资料价值，并切实弥补某些作品被长久遗漏的缺憾。

目录

1957 年

1958 年

1959 年

1960 年

1961 年

1962 年

1957年

秋歌

　　——给暖暖

痖弦

落叶完成了最后的颤抖

荻花在湖沼的蓝晴里消失

七月的砧声远了

暖暖

雁子们也不在辽夐的秋空

写它们美丽的十四行了

暖暖

马蹄留下踏残的落花

在南国小小的山径

歌人留下破碎的琴韵

在北方幽幽的寺院

秋天，秋天什么也没留下

只留下一个暖暖

只留下一个暖暖

一切便都留下了

　　1957 年 1 月 9 日

　　选自流沙河编著《台湾诗人十二家》，重庆出版社 1983 年版

殡仪馆

痖弦

食尸鸟从教堂后面飞起来
我们的颈间撒满了鲜花
（妈妈为什么还不来呢）

男孩子们在修最后一次胡髭
女孩子们在搽最后一次胭脂
决定不再去赴什么舞会了
手里握的手杖不去敲那大地
光与影也不再嬉戏于鼻梁上的眼镜
而且女孩子们的紫手帕也不再于踏青时包那
　　甜甜的草莓了
（妈妈为什么还不来呢）
还有枕下的《西蒙》
也懒得再读第二遍了
生命的秘密
原来就藏在这只漆黑的长长的木盒子里
明天是春天吗
我们坐上轿子
到十字路上去看什么风景哟

明天是生辰吗

我们穿这么好的缎子衣裳

船儿摇到外婆桥便禁不住心跳了哟

而食尸鸟从教堂后面飞起来

牧师们的管风琴在哭什么

尼姑们咕噜咕噜地念些什么呀

（妈妈为什么还不来呢）

有趣的是她说明年清明节

将为我种一棵小小的白杨树

我不爱那萧萧声

怪凄凉的，是不

啊啊，眼眶里蠕动的是什么呀

蛆虫们来凑什么热闹哟

而且也没有什么泪水好饮的

（妈妈为什么还不来呢）

1957 年 1 月 24 日

选自流沙河著《台湾诗人十二家》，重庆出版社 1983 年版

森林抒情诗

孙静轩

森林之夜

夜来了，神秘的黑暗包围了伐木者的木屋

风卷着雪粒敲打着小小的窗户

十月的森林，好严寒呵

不知什么时候房檐上挂起了透明的冰柱

屋子里炭火烧得正旺

爽朗的笑声如瀑布一般喷吐不住

年轻的伐木者谈起了森林里奇异的故事

一会儿又谈论着家乡的爱情和收获

突然，这一切都归于沉寂

窗子外有猛兽走过，响起了沉重的脚步……

一棵老桦树

在神秘的原始森林里，有一棵古老的桦树

它光秃秃的没有一片叶子，树干也快要腐朽

没有希望，也没有幻想，它冷漠地望着蓝天

仿佛是一个垂死的老人，它坦然等待着坟墓

然而，当成群的伐木者从遥远的森林那边走来

给这阔叶树的家族带来了祖国的问候

于是，这厌倦了生命的老桦树从梦中醒来

仿佛是第一次走进世界，它想把一切爱抚

当年轻的赤桦和白桦唱着歌向城市远去

它使用沙哑的声音说：

　　"好呵！我的孩子们，祝你们幸福……"

而它自己呢，像是回答新世界似的

不知什么时候，它拼着最后的力量

　　给自己披上了一身新绿……

风暴

狂风像一只凶猛的巨兽从雪山的峰顶来了

它张着可怕的大嘴想把森林吞掉

但雄厚的森林仿佛是一个骁勇的斗士

等狂风走近便伸出长臂把它抓牢

森林把它抛开去，它又呼啸着扑来

它们纠缠着、搏斗着，两个都被激怒得大声吼叫……

望着这惊天动地的决斗，山峰畏惧地闭起了眼睛

天空也似乎有些胆怯，想远远地逃掉……

然而，当山峰睁开眼睛，一切都恢复了平静

森林低低地喧哗着，似乎向着狂风嘲笑

致冷杉树

高大的冷杉树笔直地挺立在高山顶上

给森林筑成了一道天然的围墙

威严的冷杉守护着森林里的树木成长

不管是雷电的轰劈，还是风暴的摧残

它承受着一切打击，倔强地挺起了胸膛

呵！高大的冷杉，挺立在风雪中的树呵

从你笔直的身躯上我看了大无畏的形象

给石燕

冬天来了，森林里大雪弥漫

旋转的风散播着奇异的严寒

画眉、山雀和别的鸟全都飞走了

只有那小小的石燕守候在森林里边

常常地，它从那风雪中穿过

在冰冷的瀑布旁停下来啾啾地叫唤

有时候，它飞落在尖尖的木屋顶上

它啾啾的声音使伐木者记起了柔和的春天

在别的鸟离去的时候

只有它留下来和伐木者作伴

瀑布穿过森林

绿茵茵的森林袒露开她柔软的胸脯

仿佛是有意地把山巅的泉水引诱

那乳白色的瀑布从山峰一跃而下

它激情地呼喊着向森林猛扑

它闪光的水流急急地穿过一片杂草

很快在一片浓密的树丛里隐没

承受着赤桦叶子的亲吻，它变得柔和了

一路上它絮絮不休地向森林把爱情吐露

在那阴暗的边缘，泉水向森林告别了

带着难忘的爱抚，它欢唱着流向河谷……

选自《诗刊》创刊号，1957 年 1 月 25 日

印度

痖弦

马额马啊

用你的袈裟包裹着初生的婴儿

用你的胸怀作他们暖暖的芬芳的摇篮

使那些嫩嫩的小手触到你峥嵘的前额

以及你细草般庄严的胡髭

让他们在哭声中呼喊着马额马啊

令他们摆脱那子宫般的黑暗，马额马啊

以湿润的头发昂向喜马拉雅峰顶的晴空

看到那太阳像宇宙大脑的一点磷火

自孟加拉幽冷的海湾上升

看到珈蓝鸟在寺院

看到火鸡在女郎们汲水的井湄

让他们用小手在襁褓中画着马额马啊

马额马，让他们像小白桦一般地长大

在他们美丽的眼睫下放上很多春天

给他们樱草花，使他们嗅到郁郁的泥香

落下柿子自那柿子树

落下苹果自那苹果树

一如从你心中落下众多的祝福

让他们在吠陀经上找到马额马啊

马额马啊，静默日来了

让他们到草原去，给他们神圣的饥饿

让他们到暗室里，给他们纺锤去纺织自己的衣裳

到象背上去，去奏牧笛，奏你光辉的昔日

到仓房去，睡在麦子上感觉收获的香味

到恒河去，去呼唤南风喂饱蝴蝶帆

马额马啊，静默日是你的

让他们到远方去，留下印度、静默日和你

夏天来了啊，马额马

你的袍影在菩提树下游戏

印度的太阳是你的大香炉

印度的草野是你的大蒲团

你心里有很多梵，很多涅槃

很多曲调，很多声响

让他们在《罗摩耶那》的长卷中写上马额马啊

杨柳们流了很多汁液，果子们亦已成熟

让他们感觉到爱情，那小小的苦痛

马额马啊，以你的歌作姑娘们花嫁的面幕

藏起一对美丽的青杏，在缀满金银花的发髻

并且围起野火，诵经，行七步礼

当夜晚以槟榔涂红她们的双唇

凤仙花汁擦红她们的足趾

以雪色乳汁沐浴她们花一般的身体

马额马啊，愿你陪新娘坐在轿子里

衰老的年月你也要来啊，马额马
当那乘凉的响尾蛇在他们的墓碑旁
哭泣一支跌碎的魔笛
白孔雀们都静静地夭亡了
恒河也将闪着古铜色的泪光
他们将像今春开过的花朵，今夏唱过的歌鸟
把严冬，化为一片可怕的宁静
在圆寂中也思念着马额马啊

　　注：印人称甘地为马额马，意谓"印度的大灵魂"。

写于 1957 年 1 月 30 日

选自《痖弦诗集》，洪范书店有限公司 1981 年版

耶路撒冷

痖弦

小小的十字星，在南方
以撒骑驴到田间去
去哭泣一个星夜
去默想一个星夜
小小的十字星，在南方

鸽子们叼来一枝橄榄叶，在南方

圣西门背着沉重的十字架

去洗那带钉痕的手

去织补那圣袍

鸽子们叼来一枝橄榄叶，在南方

七个白色的童贞女，在南方

玛丽亚带她们去装饰那道路

去洒上金桂

去铺上怜悯

七个白色的童贞女，在南方

果子们都已成熟，在南方

约翰亦已施洗完毕

去编那荆冠

去铸那铁冠

果子们都已成熟，在南方

每匹草叶中住着基督，在南方

罪者脱去一日圣洁的生活

去溺那硫磺火湖

去食那万蛇之蛇

每匹草叶中住着基督，在南方

　　写于 1957 年 1 月 31 日

　　选自痖弦著《痖弦诗集》，洪范书店有限公司 1981 年版

野荸荠

痖弦

送她到南方的海湄
便哭泣了
野荸荠们也哭泣了

不知道马拉尔美哭泣不哭泣
去年秋天我曾在
一本厚书的第七页上碰见他
他没有说什么
野荸荠们也没有说什么

高克多的灵魂
住在很多贝壳中
拾几枚放在她燕麦编的帽子里
小声问她喜爱那花纹不
又小声问野荸荠们喜爱那花纹不

裴多菲到远方革命去了
他们喜爱流血
我们喜爱流泪
　野荸荠们也喜爱流泪

而且在南方的海湄

而且野荸荠们在开花

而且哭泣到织女星出来织布

写于 1957 年 2 月 2 日

选自洪子诚、程光炜编《中国新诗百年大典》，长江文艺出版社 2013 年 3 月版

歌

痖弦

谁在远方哭泣呀

为什么那么伤心呀

骑上金马看看去

那是昔日

谁在远方哭泣呀

为什么那么伤心呀

骑上灰马看看去

那是明日

谁在远方哭泣呀

为什么那么伤心呀

骑上白马看看去

那是恋

谁在远方哭泣呀

为什么那么伤心呀

骑上黑马看看去

那是死

1957 年 2 月 6 日

读里尔克后临摹作

选自流沙河编著《台湾诗人十二家》，重庆出版社 1983 年版

恋歌三首

饶阶巴桑

想

你是海里的一棵珊瑚树，

　　我就变成一只绝食的海鸥栖在你身旁。

你是山上的一颗亮珍珠，

　　我就把你含在嘴里溶化在我的心上。

如果嫌我的马儿比不过风的神速，

　　那你就带着嫁妆在赛马会的锦旗前等我。

如果嫌我的猎枪射不中精灵的鹿，

　　那你就伴着顾客在贸易公司门前等我。

愿

岩鸽，请答应我的要求，
　　你展翅穿过万重银山，
悄悄地把她的发丝
　　扯到我的心间——
　　　　我要告诉她：
　　　　我只有一个心愿。

岩鸽，请把金色的发丝衔在你嘴间，
　　让我踏着发丝穿过银山，
趁着异乡的白云，
　　走近她的身边——
　　　　为了一个心愿，
　　　　我不怕任何艰险。

岩鸽，愿你是公正的媒人，
　　告诉她我怎样在思念；
如果她问起我的经历，
　　请转告我正是个青年——
　　　　他的名声系住千里外的众人，
　　　　她等到的也不会是平凡的伴侣。

嘱

你是凤凰翅下的宝，孔雀头上的花，

是刻在高原蓝天上的彩虹；

世间有一万对眼睛织的罗网，
时时在打捞你，不论白天或梦中。

假如你选中了其中的一对眼睛，
要提防它是花和宝贝的蛀虫。

选自《人民文学》1957 年 2 月号

怀友
——赠向晓
沙鸥

长江卷起我记忆的帘帷，
我又来到小楼的窗前。

我们曾在这里小声商量罢课，
窗外的脚步声近了又远；

黑夜追踪我们，
你去山上，我到海边。

还是这扇窗户，变了人间！

山城向长江画上万缕银线。

选自《诗刊》1957 年 2 月号

迟开的蔷薇

公刘

只有一个人能唤醒它

我的心房里，
爱情在酣睡，
只有一个人能唤醒它，
我不知道这个人是谁。

天上的繁星有千万颗

天上的繁星有千万颗，
只有一颗属于我；
照耀吧，我的星辰！
照耀吧，我的命运的灯！
我以坚贞的手臂将你捂住，
你就永远不会陨落……

迟开的蔷薇

盛夏已经逝去，

在荒芜的花园里，

只剩下一朵迟开的蔷薇；

摘了它去吧，姑娘，

别在襟前，让它

贴近你的胸膛枯萎……

羞涩的希望

羞涩的希望

像苔原上胆小的鹿群，

竟因爱抚而惊走逃遁，

远了，更远了，终于不见踪影。

只有一片隐痛，宛如暴君

蹂躏着我的心；

莫要拷问我，我已经招认：

怯懦，这便是全部的过错和不幸。

选自《诗刊》1957 年 2 月号

在火车上

苏金伞

坐在火车上，
我阅读着一本最心爱的书。
但是怎么也读不下去。
书里面最好的故事，
也没有窗外的景色能使我入迷。

车窗外奔来一丛一丛的树林。
每一棵树都像是我亲手所栽，
每一棵树上都有我的指纹，
每一棵树都争着跑到前面，
就像小孩子学会一个舞蹈，
总想抢着在人们面前表演一样。

车过了一条河又一条河，
河边有人撒网，
河里有白帆轻移。
我像是坐在船上，
我像是在河里走过一百遍，
我知道每一条河水的滋味，
我甚至知道每一条河里有多少鱼；
每一条河都像从我的血管里流出。

车过了一座山又一座山，

山坡上放牧着一群一群的绵羊。

我听到了羊吃草的声音，

我感到了羊毛的温暖；

我像是和牧羊的孩子在一块玩耍，

并且是从小就在这里放羊，

他们的鞭子我曾经炸过，

鞭子一响，

群山应和着拥挤到面前，

跟绵羊一样听话。

田野上散布一条一条的小土路。

我想在每一条路上行走，

我的脚像是已经感到路上的尘土。

每一条路都引来一个村庄，

每一条小路的结尾都有一个家，

我顺着小路走着，

就一定有人来迎接我，

这就是我的弟弟或叔叔。

在我的祖国，

每一粒土，

都是无价的珍宝；

每一片云，

都像是我贴身的羊毛衫一样温暖；

每一只飞鸟，

都像我喂熟的一样可亲。

车走了三千里，

我不过是在故乡里串行，

祖国站在我的身边，

一步也没动。

呵！我的祖国！

即使走一千万公里，

走一生一世，

也不能离开我祖国的脚跟！

1956 年 11 月 29 日

选自《人民文学》1957 年 3 月号

印度的孔雀

刘岚山

一簇郁蓝郁蓝的孔雀羽翎，

仿佛眨着的金色眼睛，

挂在新刷的白粉墙上，

夜夜燃烧着我的心。

宝石一样的孔雀哟，

你的家乡是明媚的印度天空；

是不是你和眉眼涂乌金的少女开屏比美，

她们才扯下了你的羽翎?

我知道,不是的,美丽的孔雀,
只因为有客人来自黄河两岸,
于是,和你一样热情的印度人民,
摘下你的羽毛,点上自己的深情。

郁蓝的郁蓝的一簇孔雀羽翎,
永不褪色地挂在我家墙上,
我天天望着它,望着它,
我的心飞过雪山,去访问恒河的弟兄。

1957 年 1 月　北京
选自《光明日报》1957 年 3 月 2 日

窗下

洛夫

当暮色装饰着雨后的窗子
我便从这里探测出远山的深度

在窗玻璃上呵一口气
再用手指画一条长长的小路
以及小路尽头的
一个背影

有人从雨中而去

写于 1957 年 3 月 21 日

选自流沙河编著《台湾诗人十二家》，重庆出版社 1983 年版

短歌集

痖弦

"你的歌声为何如此地短？"一只小鸟一次被人问道："是因为你的气短吗？"

"我的歌太多了，而我想把这些歌全唱唱。"

——都德 A. Daudet

寂寞

一队队的书籍们

从书斋里跳出来

抖一抖身上的灰尘

自己吟哦给自己听起来了

晒书

一条美丽的银蠹鱼

从《水经注》里游出来

流星

提着琉璃宫灯的娇妃们
幽幽地涉过天河
一个名叫彗的姑娘
呀的一声滑倒了

世纪病

匍匐在摩天大厦的阴影下
烧掉爱因斯坦的胡子
痛哭着世纪

神

神孤零零的
坐在教堂的橄榄窗上
因为祭坛被牧师们占去了

写于 1957 年 3 月

选自流沙河编著《台湾诗人十二家》，重庆出版社 1983 年版

母亲·鹰

饶阶巴桑

母亲

我吸吮着母亲的奶头，
还不曾想过捏泥娃娃和捉迷藏，
还不曾想过天空和陆地，
可是心里却有一个模糊的印象：
"世间再也没有什么，
比母亲的胸脯还宽广！"

我从遥远遥远的边疆，
渡过了长江和黄河，
虽然我还没有走到长白山，
但是我在心底轻声地说：
"世间再也没有什么，
比母亲的胸脯更宽广！"

1956 年 4 月 2 日于长春

鹰

山鹰最喜欢歇在牧场，

因为这里有丰美的食粮；

但是它在这里一刻也不能安宁，

因为牧人的枪法最准。

有一根长线架在高空，

它通向天南地北，

山鹰飞来，在上面停歇，

它扇着翅膀，安然自得。

但是它还不安分，

鼓着双翅狂叫，逞着威风，

一双豆眼盯着牧人，那么凶，

却惹怒了年老的牧工；

"我不是吝惜一粒铅弹，

是我想的啊，更高更远，

射死你唯恐打断电线，

那北京的声音啊，我们就无法听见！"

1956 年 1 月 8 日

选自《诗刊》1957 年 3 月号，1957 年 3 月 25 日

时间的话

邵燕祥

人问"时间，你在哪里"，
他说他无所不在：
日脚长了又短了，
大海潮落又潮起，
苹果花变成苹果
坠到软软的草地，
万古不废的天穹中
流星画出我的轨迹，
午夜十二响的钟声
是我宣布新的一天的消息。
哪怕钟表停摆，夜光针失去光辉，
我日夜运行从不休憩；
有时候我化为汗水
溶进了新砌的墙壁，
有时候我化为螺丝钉
楔入长长的铁道的路基，
我也会化作金线银线
抽在一双双勤劳的手里，
随着日月的穿梭
织成美丽的布匹。

我看尽世界的沧桑，

饱经了人间的悲喜，

人们欢乐时我步履轻快，

人们等待时我一样焦急。

人们称不出我的分两，

我却能带来沉重的真理。

谁向自己勒索得多，

我就对他慷慨地给予，

为人民创造节日的人，

我让他获得真正的欢愉。

我在他们脸上刻出皱纹，

这却是足以自豪的痕迹，

他们的心上没有皱纹，

我给他们青春和朝气。

还有人满脸织着倦容，

但不是劳动消耗了精力，

他也亢奋，争吵得口水淋漓，

更不是为着公共的利益；

惩罚他，我决不留情

撕去他面前一张张的日历，

惩罚他，我要说：

"人们将不再需要你！"

我把海边的沙粒

孕育成闪光的珠玑，

一旦它暗淡发黄，

我就抛掉它毫不惋惜。……

——时间啊，你是公正的，
你又宽厚，你又严厉。
正当我在向少年时代告别，
感谢你给了我许多的警惕。
我在你的长河中扬帆远航，
永不搁浅在缓流的滩里。

1957 年 2 月 6 日
选自《诗刊》1957 年 3 月号，1957 年 3 月 25 日

黑海赞歌

戈壁舟

一

在朝霞映着的机舱中，
我飞翔在你的海面，
看见你在白雾的面纱里，
偷露出桃红色的俊脸。

在阳光照着的车厢中，
我飞驰在你的岸边，
看见你在绿枝的窗格里，

斜闪着碧蓝色的媚眼。

在迎着海风的汽车里，
我行驶在海滨公园，
看见你胸膛上耀眼的别针
——那些纹丝不动的轮船。

在雨敲纱窗的高楼上，
我的心还飞翔在你的身边，
看见你伸出银色巨浪的手臂，
摇撼着低垂的灰色的云天。

　　　　二

朝霞是你的头巾，
彩虹是你的项圈，
明月是你的床前灯，
你的钻石是星星满天。

你的腰带是江河，
你的碧玉的海湾，
那顶天的高加索的雪山头，
是你的一顶美丽的银冠。

三

我急急地向你走来，
怀着满腔的热情，
踏着阳光踏着五色花石，
像踏着落英缤纷的梦境。

你唱着歌、跳着舞，
你的歌声舞姿令人销魂，
你舞袖高飞天地变色，
你歌声昂扬山摇地震。

你正低唱轻舞，
我急急地向你走近，
你高声地欢呼，
你热情地欢迎。

你用浪尖的嘴唇吻我，
打湿了我的皮靴和衣襟；
你还用浪头的手臂拥抱我，
不敢当呵，你这粗鲁的情人！

四

黑海是多么地美丽，

最美丽的还是黑海边的姑娘，

姑娘是车间美丽的公主，

姑娘是仙女下降到农庄。

在茂密的棉田里，

姑娘洁白得像棉花的雪浪；

在苍翠的茶山上，

姑娘和茶叶一样清香。

你们织出花布的长虹，

你们给黑海岸绣出锦绣的衣裳，

你们是黑海的春天，

比黑海还自由、还开朗。

五

黑海是多么地英勇，

最英勇的还是黑海边的小伙子，

古代出过多少英雄，

现在有数不清的"虎皮骑士"。

小伙子端起巨大的牛角酒杯，

能一口气喝得不剩一滴；

小伙子打击最顽强的敌人，

能不眨眼就置之死地。

小伙子一震怒，

黑海上就来暴风雨；

小伙子一欢欣，

黑海上就风平浪息。

千百座黑海岸上的宫殿，

哪一座不是你们造、不是你们的。

你们是黑海的自由，

黑海舰队永远飘扬着红旗。

六

朝霞是你的头巾，

彩虹是你的项圈，

月儿是你的床前灯，

你的钻石是星星满天。

你的腰带是江河，

你的碧玉是海湾，

那顶天的高加索的雪山头，

是你的一顶美丽的银冠。

黑海呵，我爱你的美丽，

我爱你的冬天里的春天；

黑海呵，我爱你的英勇，

我爱你的自由的海岸。

1956 年 12 月 19 日于黑海之滨初稿

1957 年 1 月 18 日修改于北京和平宾馆

选自《诗刊》1957 年 4 月号

军港

李瑛

这是我们威严的军港，

灰色的舰队像城垛、像远山，

上面罩着——轻纱的云彩，

上面铺着——墨绿的软缎。

炮管和天线，你们讲战斗故事吧，

给我们的灯塔、我们的树、我们的山；

船尾的螺旋桨暂时沉默了，

浓厚的烟缕飘向遥远……

在飘动着红色水鼓的港湾的岸上，

水兵在轻快地洗刷船底的甲板；

我们的港湾是绷紧弦的弓，

随时都准备射出待发的箭。

选自《诗刊》1957 年 4 月号

芒市见闻（节选）

田间

芭蕉和甘蔗

有一棵甜蜜的树，
滴下甜蜜的果汁，
只要你伸出手来，
就可以向它索取。

它沉静地垂下了头，
头上挂着一朵鲜花，
它是青春也是自由，
陪伴着祖国的疆土。

还有一棵甜蜜的树，
仿佛是年幼的牧童，
他摇着青青的叶子，
唱着快乐的歌。

他没有披着铠甲，
他周身戴着露珠，
他的心也是甜的，
是一条甜蜜的河。

这两棵甜蜜的树，

栽在芒市的门口，

左边的就是甘蔗，

右边的就是芭蕉树。

我们把它栽在门口，

是要让它作证：

我们甜蜜的果子，

要送给我们的朋友。

自由

树上结的橄榄，

绿得多么好看。

树上结的橄榄，

比不上她灿烂。

头上插着白的花，

手上戴着大银环，

她好像一颗月亮，

照耀在竹林中间。

一幅绿的筒裙，

托着她的腰身，

在她站的地方，

是一座黎明的城①。

"摆夷"这个叫法，
和她极不相称，
卖橄榄的女子呵，
她是一个自由人。

她的祖先说过，
傣族就是自由；
可是直到今天，
她才有了这个姓名。

选自《诗刊》1957 年 4 月号，1957 年 4 月 25 日

夜渡

甘永柏

在夜渡的小舟上
　　卸下了一天的疲倦，
让流水吮啜着舟底，
　　好似低低地歌唱
呼唤我们安眠。

---

①西双版纳傣族自治州首府允景洪，译意为"黎明的城"。

不是明灭的渔火

　　引动我们的幻觉，

忽然闪现着光亮，

　　从蓝天，辽阔无边的蓝天

繁星春雨一般地洒落……

那时彩虹将从平地升起，

　　江上震动着列车的轰鸣，

呵，虽然还只是一张草图，

　　今夜在我们的枕下

发出野花和泥土的芳馨。

　　　　　　选自《处女地》1957 年第 4 期

记一个教师的谈话

李广田

我忽然感到自己是一棵树，

是一棵枝叶扶疏的大树。

我受大地和太阳的哺育，

我在风里雨里锻炼身体。

当木叶尽脱时，

我感到舒畅而又坚实。

当新绿初生时，
我整个生命都为希望所袭击。

最幸福是果实累累，
这时候我从不感到吝惜。

最羞于满身浮华而空无所有，
想夸耀自己年轮的就不要在地球上站立。

还要是把根扎下去，扎到最深处，
也要把枝叶伸出去，伸向太阳去。

我必须每年落一些叶，
也必须不断地脱一些皮。

我必须每年生长一些新东西，
日日夜夜，我都渴求着血液的更替。

我不知道我什么时候可以休止，
因为我自己并不属于我自己。

1957 年 5 月 1 日

选自《边疆文艺》1957 年第 5—6 号，收入《春城集》时改题为《一棵树》。

雪落满了你黑色的大氅

　　——普希金像前

严辰

雪落满了你黑色的大氅，

雪落满了你鬈曲的两鬓；

低着头你沉思什么？

竟忘记了冬夜彻骨的寒冷！

在回忆高加索的流浪生活？

或者怀念乡间别墅秋天的黄昏？

一个新的火花在眼前闪耀，

一个新的思潮在胸中沸腾。

谁在你脚边呈献一束鲜花？

带着悠远的芳香无限的尊敬；

是温柔的泰姬雅娜？

是有了自己祖国的茨冈人？

你的预言早已实现，

全俄罗斯响遍了你的七弦琴；

它超越了时间和空间，

飞过一个国境又一个国境。

你将不会感到寂寞，

到处有你的读者，你的知音；

陪伴你踱尽这寒夜的，

还有远方来的异国的诗人！

　　　　1956 年 11 月 18 日　莫斯科

　　　　选自《诗刊》1957 年 5 月号

葬歌

穆旦

一

你可是永别了，我的朋友？

　我的阴影，我过去的自己？

天空这样蓝，日光这样温暖，

　在鸟的歌声中我想到了你。

我记得，也是同样的一天，

　我欣然地走出自己，踏青回来，

我正想把印象对你讲说，

　你却冷漠地只和我避开。

自从那天，你就病在家里，

　你的任性曾使我多么难过，

唉，多少午夜我躺在床上，
　　辗转不眠，只要对你讲和。

我到新华书店去买些书，
　　打开书，冒出了熊熊火焰，
这热火反使你感到寒栗，
　　说是它摧毁了你的骨干。

有多少情谊，关怀和现实，
　　都由眼睛和耳朵收到心里；
好友来信说："过过新生活！"
　　你从此失去了新鲜空气。

历史打开了巨大的一页，
　　多少人在天安门写下誓语，
我在那儿也举起手来：
　　洪水淹没了孤寂的岛屿。

你还向哪里呻吟，和微笑？
　　连你的微笑都那么寒碜，
你的千言万语虽然曲折，
　　但是阴影怎能碰得阳光？

我看过先进生产者会议，
　　红灯，绿彩，真辉煌无比，
他们都凯歌地走进前厅，

后门冻僵了小资产阶级。
我走过我常走的街道，
　　那里的破旧房正在拆落，
呵，多少年的断瓦和残椽，
　　那里还萦回着你的魂魄。

你可是永别了，我的朋友？
　　我的阴影，我过去的自己？
天空这样蓝，日光这样暖，
　　安息吧，让我以欢乐为祭！

　　　　二

"哦，埋葬，埋葬，埋葬！"
"希望"在对我呼喊：
"你看过去只是骷髅，
还有什么值得留恋？
他的七窍流着毒血，
沾一沾，我就会瘫痪。"

但"回忆"拉住我的手，
她是"希望"底仇敌；
她有数不清的女儿，
其中"骄矜"最为美丽；
"骄矜"本是我的眼睛，
我怎能把她舍弃？

"哦，埋葬，埋葬，埋葬!"
"希望"又对我呼号：
"你看她那冷酷的心，
怎能再被她颠倒？
她会领你进入迷雾，
在雾中把我缩小。"

幸好"爱情"跑来援助，
"爱情"融化了"骄矜"：
一座古老的牢狱，
呵，转瞬间片瓦无存；
但我心上还有"恐惧"，
这是我慎重的母亲。

"哦，埋葬，埋葬，埋葬!"
"希望"又对我规劝：
"别看她的满面皱纹，
她对我最为阴险：
她紧保着你的私心，
又在你头上布满

使你自幸的阴云。"
但这回，我却害怕：
"希望"是不是骗我？
我怎能把一切抛下？

要是把"我"也失掉了，
哪儿去找温暖的家？

"信念"在大海的彼岸，
这时泛来一只小船，
我遥见对面的世界
毫不似我的从前；
为什么我不能渡去？
"因为你还留恋这边！"

"哦，埋葬，埋葬，埋葬！"
我不禁对自己呼喊；
在这死亡底一角，
我过久地漂泊，茫然；
让我以眼泪洗身，
先感到忏悔的喜欢。

三

就这样，像只鸟飞出长长的阴暗甬道，
我飞出会见阳光和你们，亲爱的读者；
这时代不知写出了多少篇英雄史诗，
而我呢，这贫穷的心！只有自己的葬歌。
没有太多值得歌唱的：这总归不过是
一个旧的知识分子，他所经历的曲折；
他的包袱很重，你们都已看到；他决心

和你们并肩前进，这儿表出他的欢乐。

就诗论诗，恐怕有人会嫌它不够热情：

对新新事物向往不深，对旧的憎恶不多。

也就因此……我的葬歌只算唱了一半，

那后一半，同志们，请帮助我变为生活。

选自《诗刊》1957 年 5 月号

大海

蔡其矫

大海啊，大海！

让我借用你的声音，唱一首赞歌献给一个人。

因为你是人类雄心的发源地，

你给自由以完全的形象，

给世界以坚强的灵魂；

又因为你与太阳一同起息，与月亮一同运转，

你是宇宙间最亘久的法则，

既宽宏大量，又铁面无私；

也因为你终古以来就存在，创造了最初的生命，

我们都是由你而来，受你抚养而成长壮大，

人类的智识文化也因你而不断丰富，

诗歌也从你那里获得最雄大最无拘束的感情；

更因为你常动不息，永无腐朽，也从不止步，

你以燃烧的云作为旗帜，

引导人类走向更灿烂的未来，

我们要和你一样，以欢乐的波浪

把世界重新高高举起；

再因为你虽然严厉，但又多情，

你拥抱着我的祖国，

用最广大而深沉的爱；……

让我借用你的声音，唱一首赞歌献给一个人。

大海啊，大海！

他和你最相似！

他是时代的巨人，又是普通的士兵！

在暴风雨的年代里，他率领自己的人民，

以疾雷闪电般的果断，无情地摧毁敌人；

当我们在失败中困惑的时候，

他对我的祖国伸出援助的手；

当人类在歧路上徘徊的时候。

他又发出战斗的号召，

使敌人发抖，我们微笑。

但是，在最复杂的斗争中，

他的长剑曾经沾污了无辜和善良者的血，

就像你在暴风雨中毁灭了无数船只和生命，

因为理智还未能明察事物的全部真像，

正如人类还不能完全征服你大海。

但当暴风雨停息，月亮从漂流物中升起，

被粉碎的船只，遗骸送到沙滩上，

那是"毁灭"的陈迹，向航海者发出警告，

……人类站在岸上沉思，

于是机器代替帆船，杉木换为钢铁。

除非是怯懦者才向大海咒骂。

历史上还没有另一个人像他那样，

生前受了最大的歌颂，

死后受到最深的痛诋；

但是我要说，他的功绩不是人人所能企及，

他的错误却是人人都容易造成。

让我们从流血中吸取教训吧，

也让我们还给真理以它本来的光。

我还记得那一个不幸的春天，

全世界最深沉的悲痛并没有浪费！

那伟大而美丽的灵魂已完全寂静，

他安息在千千万万和平战士的心中，

而他的思想，将永远是不可征服的种子，

播种了收获，收获了又重新播种，

每一代人民都将使它在战斗中不断增多。……

现在，世界正在发生巨大的变化，

一切的艰难困苦都来到眼前，

谁要是觉得今天比昨天容易，

谁就是人民和历史的罪人。

让荣誉依然归于他吧，

哦，受创伤的鹰！

哦，被隐蔽的星！

太阳从东方出来，

以最耀眼的光辉驱散了弥天的阴霾，

世界好像暴风雨后的海洋，

一切又恢复了最美的和谐；

上面是阳光和空气友爱的交融，

下面有波浪和岩石最温柔的接触，

那寥廓而澄清的天宇下

苍鹰又展开它矫健的翅在飞翔，

那遥远的晨星，如同一滴快乐的眼泪，

在明净的大气中静静地燃烧。……

即使天际还有滚滚的白浪如雪山倾倒，

但勇敢的舵手依然在驾着船只向前疾驰；

即使敌人正在更恶毒地向我们窥伺，

但这也将是徒劳而已，

因为受过暴风雨的考验后

真正的战士更坚定了自己的战斗意志。

我听见欢乐的歌声自海底传来，

我的心像被拨动的琴弦发出它的回声，

即使我的声音不能完全表达你的思想，

然而他依然是人人心中发光的形象，

哦，大海啊，大海！

写于 1957 年 2 月

选自《诗刊》1957 年 5 月号，1957 年 5 月 25 日

解冻

杜运燮

春风伸出慈爱的手，温柔而有力，
推醒了沉睡的，抹掉不必要的犹豫，
使一个个发现新的信心而大欢喜。

吹过草根，吹过了年轮，
吹过思想的疙瘩和包袱，
在冰层上画图案，在脸上加深笑纹。

是花的都在开，有芽的都绽出来，
欢呼这只爱抚的手，拿出最好的，
一切从头创造，过去的已经深埋。

在黑暗中摸索了多少艰苦的日夜，
打破，形成，又打破，最后冲出硬壳，
献出颜色和香味，还有只为衬托的绿叶。

野花没有被忘记，它也不自卑，
迎风歌唱着丰盛的光和热，
一个姑娘摘下一朵"它陌生，但是也美！"

又唱了，又唱了，那特别兴奋的鸟群，

对过去的迟疑已觉得好笑，

为了找到新歌声，抑不住太高兴。

试一声，大声些，听从着春风

不再满足于枝叶间的碎粒阳光

投向那云稀太阳高的蓝空。

东边的响应了，还有西边的，南边的，

兴奋的眼光你蝴蝶般闪烁，

多嘴的湖水也抢着发表意见。

暖起来！春天到了！到处在欢呼，

新式步犁把第一块黑土翻开，

人群涌向公园，涌向郊外的林坞。

一幅着色奇妙的图画完成了。

一曲新风格的交响乐奏起来。

一首句句清新的诗，有人在朗诵着。

春风是新生命的源泉，绿和歌声的核心，

它吹过的地方，一切都在唱：

"我有了新活力！我有了新生命！"

选自《诗刊》1957年5月号，1957年5月25日

我的灵魂

痖弦

啊啊,君不见秋天的树叶纷纷落下
我虽浪子,也该找找我的家

那时候,我的灵魂被海伦的织机编成一朵小小的铃铛花
我的灵魂在一面重重的铜盾上忍受长剑的击打
我的灵魂燃烧于巴尔那斯诸神的香炉
我的灵魂系于荷马的第七根琴索

我的灵魂
在特类城堞的苔藓里倾听金铃子的怨嗟
在圆形剧场的石凳下面,偷闻希腊少女的裙香
在合唱队群童小溪般的声带中,悄然落泪
在莎福克利斯剧作里,悲悼一位英雄的死亡

啊啊,在演员们的辉煌的面具上
且哭且笑。我的灵魂
藏于木马的肚子里
正准备去屠城。我的灵魂
躲在一匹白马的耳朵中
听一排金喇叭的长鸣。我的灵魂
震动于战车的辐辏上,辘辘挺进

向雅典，向斯巴达，向渺小的诸城邦

战栗于农民们的葡萄里

遭受荻奥尼赛斯的锤打，怯怯地走向榨床

晃动于大楼船的桨叶上

拨动着爱琴海碎金般的波浪

啊啊，我的灵魂

我的灵魂如今已倦游希腊

我的灵魂必须归家

啊啊，君不见秋天的树叶纷纷落下

我听见我的民族

我的辉煌的民族在远远地喊我哟

黑龙江的浪花在喊我

珠江的藻草在喊我

黄山的古钟在喊我

西蜀栈道上的小毛驴在喊我哟

我的灵魂原来自殷墟的甲骨文

所以我必须归去

我的灵魂原来自九龙鼎的篆烟

所以我必须归去

我的灵魂啊

原本是从敦煌千佛的法掌中逃脱出来

原本是从唐代李思训的金碧山水中走下来

原是从天坛的飞檐间飞翔出来

啊啊，君不见秋天的树叶纷落下

我虽浪子，也该找找我的家

希腊哟，我仅仅住了一夕的客栈哟

我必须向你说再会

我必须重归

我的灵魂要到沧浪去

去洗洗足

去濯濯缨

去饮我的黄骠马

去听听伯牙的琴声

我的灵魂要到汨罗去

去看看我的老师老屈原

问问他认不认得莎弗和但丁再和他同吟一叶芦苇

同食一角米粽

我的灵魂要到峨眉去

坐在木鱼里做梦

坐在禅房里喝彩

坐在蒲团上悟出一点道理来

我的灵魂要到长江去

去饮陈子昂的泪水

去送孟浩然至广陵

再逆流而上白帝城

听一听两岸凄厉的猿鸣

啊啊，我的灵魂已倦游希腊

我的灵魂必须归家

君不见秋天的树叶纷纷落下

写于 1957 年 6 月

选自流沙河编著《台湾诗人十二家》，重庆出版社 1983 年 8 月版

小镇

徐迟

一

一阵香味的飘浮，

只要闭上眼睛一嗅，

便知是我的小镇；

那样熟悉的香味，

童年起就习惯它，

忘不了它，离不了它，

像记忆诉说无穷尽，

那是我的小镇的香。

那是午炊的香味，

饭釜上的香粳米，

夹进炖梅干菜的浓香，

烧稻草的灶里的烟熏味。

那是河水的香味，

带着一股草腥气。

那是网船上的鱼蚌河泥，

桐油昧的货船装的山货味。

那是雨后温暖的水蒸气，

充溢着肥沃的土壤味，

酱园里的酒糟气，

糖食店里的蜜饯香。

那是古屋中的潮湿的霉味，

院子里月季花的沁香。

油菜花、秧苗，田野的香，

还有那园林，芳气袭人，

我急于吸入它们，

使充满我的胸膛，

又吝惜于吐出它们，

什么还更醉人？

二

啊，小镇，环镇五六里，

有灶烟几千家

和几千家沉入水中的倒影。

它们抖动了又抖动，

摇晃了又摇晃，

它们散开了又聚合，

聚合了又散开，散开。

啊，到处是小河的小镇，

小河像剪刀一样

曲折剪开小镇，剪碎了它。

啊，到处是小桥的小镇，

小桥像针线一样，

又把小镇缝合在一起。

好像不流的小河在流，

好像闪动的小镇不动。

明亮的阳光照小河，

小河披上一身金鳞。

波光映到白帆上，

映到桥板和桥洞中，

映到屋檐下，照彻两岸，

笼罩小镇全部。

于是小镇又抖动了，

摇晃了，如散开，如聚合。

三

小镇里响起一片市音，

它有条嘈杂的街。

此刻店门大开，摊头摆满，

挑担来的沿街排列，

街头人群，拥挤不堪。

他们都在赶早市：

一片鼎沸的人语声。

卖主和顾客在论争。

面馆里敲响铁锅声。

叫卖的人有嘹亮的歌喉，

他们歌颂他们的货品，

也只有歌声能超过语声之上：

一种歌声赞美鲲鱼，鲭鱼，鳜鱼，

它们在椭圆水桶中怡然游泳。

另一种赞美鬈毛的湖羊，

另一种，莴苣笋，芥兰菜，莼菜。

荠菜的叫卖声最尖细，

那旋律的优美使人听得出神。

篮中的鸡蛋虽沉默不言，

它们的价格也被谱上音符。

淡黄色的鸭群在街角，

发出了噪聒的大合唱。

毛猪行里嘶叫得应天响，

最使这条街显得繁荣，

市河里传来了小火轮的汽笛，

声声欸乃的橹声。

吃早茶的农民坐满茶楼，

茶楼一早晨卖百把壶茶。

他们围着八仙桌谈天，

还像隔开两道阡陌呼唤。

忽然一个姑娘拉扯你衣袖，

用那清脆的乡音，

问你要不要鲜鲜竹笋？

选自《诗刊》1957 年 6 月号

早春（组诗）

汪曾祺

彩旗

当风的彩旗，
像一片被缚住的波浪。

杏花

杏花翻着碎碎的瓣子……
仿佛有人拿了一桶花瓣撒在树上。

早春

（新绿是朦胧的，飘浮在树杪，
完全不像是叶子……）

远树的绿色的呼吸。

黄昏

青灰色的黄昏，

下班的时候。

暗绿的道旁的柏树，

银红的骑车女郎的帽子，

橘黄色的电车灯。

忽然路灯亮了，

　　（像是轻轻地拍了拍手……）

空气里扩散着早春的湿润。

　　　选自《诗刊》1957 年 6 月号

是时候了

张元勋　沈泽宜

　　　（一）

是时候了

　　　　年轻人

　　　　　　放开嗓子歌唱

把我们的痛苦和爱情

　　一齐都泻到纸上

不要背地里不平

　　　　背地里愤慨

　　　　背地里忧伤

心中的甜、酸、苦、辣，

都抖出来

　　　　见一见天光

让批评和指责

　　　　　　急雨般落到头上

新生的草木

　　　　从不怕太阳照耀

我的诗

　　　是一支火炬

烧毁一切

　　　人世的藩篱

它的光无法遮拦

　　　　　　因为，它的火种

来自——"五四"！！

　　（二）

是时候了

　　　向着我的今天

　　　　　　　我发言！

昨天，我还不敢

　　　　　弹响沉重的琴弦

我只可用柔和的调子

歌唱和风与花瓣！

今天，我要唱起心里的歌

　　作为一支巨鞭

　　鞭笞死阳光中的一切黑暗！

为什么，有人说团体里没温暖？

为什么，有无数墙壁隔在我们中间？

为什么，你和我不敢坦率地交谈？

为什么……

　　我含着愤怒的泪

　　　　向我辈呼唤

　　　　　歌唱真理的弟兄们

　　　　　　快将火炬举起

火葬阳光下的一切黑暗！！！

　　1957 年 5 月 19 日

　　原载《广场》1957 年第 1 期。选自《红楼》1957 年第 4 期，1957 年 7 月

1 日

忧郁

痖弦

蕨薇生在修道院里

像修女们一样，在春天

好像没有什么忧郁

其实，也有

我曾在

跳在桌子上狂舞的
葡萄牙水手的红色须瓣里
发现忧郁
和粗糙的苎麻绳子编在一起

一个红歌女唱道
我快乐得快要死了
她嬉笑。忧郁就藏在
曼陀铃的弦子上
虽然，她嬉笑

傍晚时候主妇们关门
忧郁衔着羊子们的尾巴
进了栏栅
又锁着婴儿的眼睛

四瓣接吻的唇
夹着忧郁
像花朵
夹着
整个春天

是的，尤其在春天
我就想到
一些蔷薇，一些水手
一些曼陀铃

一些关着的门扉

一些忧郁

只有忧郁没有忧郁

是的，尤其在春天

没有忧郁的

只有忧郁

1957 年 7 月 5 日

选自痖弦著《痖弦诗集》，洪氏出版社 1981 年 4 月版

星之葬

余光中

浅蓝色的夜溢进窗来；夏斟得太满。

萤火虫的小宫灯做着梦，

梦见唐宫，梦见追逐的轻罗小扇，

梦见另一个夏夜———一颗星的葬礼

梦见一闪的伸延与消灭，

以及是你的惊呼，我的回顾，和片刻的愀然无语。

1957 年 7 月 9 日

选自刘登翰、陈圣生编《余光中诗选》，海峡文艺出版社 1988 年 3 月版

喜悦和感谢

王辛笛

啊，泉水来了，泉水来了，

山上头泉水流下来了，

山中人用锣鼓打头引着，迎着，

欢呼着，

映山红漫山遍野地开着，

杜鹃在深山中叫着，

这正是春暖花开的季节啊。

泉水一路流下山来，

于是，你走来用盆儿守着，

我走来用瓶儿盛着，

他走来用罐儿装着，

多盛一点，多装一点罢，

能盛多少就是多少，

盛不尽的喜悦，装不尽的感谢，

总之，满满满满地。

啊，这久旱的天，每一滴雨露尝起来是多么美，多么甘甜！

每一只盆儿、瓶儿、罐儿都张着嘴在等，

泉水就汩汩地流进了敞朗的胸怀，

每一只盆儿、瓶儿、罐儿都说开话了，

他们的声音润湿着喜悦，也润湿着感谢，

真的，都活了。

泉水流下山来，

汇成万顷方塘，

还养活了千千万万尾鱼苗，

看他们是多么自由自在地游来游去啊，

他们孕育着无限青春，

无限生命。

从今天起，

门前冷落的

该是山脚下的那座"枯鱼之肆"，

但愿它成为永不再来的记忆。

试问惯住在云水之乡的人，

果然也能懂山中人的喜悦，山中人的感谢？

1957 年 7 月

原载《文艺月报》1957 年第 7 期。收入《辛笛诗稿》时改题为《呵，泉水来了》

煦风南吹（爬山歌）

安谧

调皮的风儿满山山跑，

尖楞楞石头吹哨哨。

石板上溪水响叮叮，
满坡坡青草绿莹莹。

扬起胳膊鞭梢梢响，
河边边站着个俊姑娘，

中流个儿一身身蓝，
走路好比水推船，

羊肚肚头巾滴溜溜转，
又遮荫凉又好看；

红丹丹嘴唇白生生脸，
黑丝丝头发毛眼眼，

手搭凉棚公路上了，
是不是哥哥回来了？

半夜听见泉水水声，
哥哥去盖钢铁城；

盏盏电灯山柿柿红，
哥哥在城头挂星星，

一串串的汽车一条条龙，

哥哥坐上好威风。

暖煦煦春风往南吹，
不爱哥哥还爱个谁？

山沟沟驼铃一声声响，
想起哥哥把山歌唱。

花翎翎山雀亮翅膀，
山曲曲送到工地上。

满山山石头满坡坡草，
远远向哥哥道一声好。

选自《星星》1957 年 7 月号

夜渡

吴视

春夜的江风轻轻地飘送
一股暖流滋润我的心胸
我像饮过水蜜桃做的酒
夜航船也像在微醉之中

武汉，久别的摇篮

我在接受最轻柔的摇晃

远看那低空的星斗扶住天桥

它在我含醉的目光中回荡

又一阵明媚的晚风

以神奇的柔手把我牵入幻境

那仿佛是一座水上牌楼

慢慢地向夜航船边挨近

近了更近了，跨江的桥灯

好似半空中缀满了透明的葡萄

要是我像白鸥那样轻巧

我就要向那葡萄架上飞绕

武汉的江面

第一次使我这样迷离

用什么彩笔

才能画出江天的妍丽

选自《诗刊》1957 年 7 月号

一领巨大的银狐大氅（外二首）

戈壁舟

一领巨大的银狐大氅

一领巨大的银狐大氅——

呵，壮丽的高加索雪山。
雪山挡住了北冰洋的寒风，
春天长在千里的黑海岸，
飘来的雪花也是春日雪，
自带三分香气七分暖。

雪映得茶山更绿，
雪映得竹林更翠，
雪映得枝头的橘子更红，
雪映得尤加里树更妩媚，
小伙子都像道旁的棕榈，
姑娘们都像篱边的玫瑰。

茶山下的楼房红得像珊瑚，
竹林里的高楼黄得像蜜蜡，
橘园中的大厦黑得像墨玉，
尤加里林边的宫殿白得像象牙，
黑海岸上宫殿千百座，
每一座都是一朵巨大的鲜花。

从前黑海岸是沙皇的猎场，
饥犬奔驰饿鹰满天飞翔。
是你们来种上每一棵常青树，
是你们来修建每一幢美丽的楼房，
每一座疗养院都是宫殿，
每人每年都要来翻腾黑海浪。

呵，壮丽的高加索雪山，

———领巨大的银狐大氅。

1957 年 1 月 17 日夜 1 点

我降落在星群里

我在空中飞行，

夕阳点燃了无边的白云，

天上冒出了多少星星，

地上闪出了多少明灯，

我降落在星群里，

降落在莫斯科城。

街灯是星星的花树，

楼房是星星的山岭，

大街是星星的河流，

飞驰着车辆的星群。

莫斯科河是银河，

流着星星流着灯，

流入大海流入五大洋，

给全世界送去多少光明。

列宁山上望得远，

望见无边无岸的星云，

望见一顶最大的钻石金冠，
望见了十月革命的巨人。

普天下在斗争的黑夜里，
能望见红场上熟睡的列宁；
普天下黑夜里望不见太阳，
能望见克里姆林宫的红星。

我在空中飞行，
夕阳点燃了无边的白云，
天上冒出了多少星星，
地上闪出了多少明灯，
我降落在星群里，
降落在莫斯科城。

1957 年 2 月 10 日夜 1 点西安

涅瓦河畔

我走在涅瓦河畔，
河面盖着冰雪，
多少文豪踏碎过河边的月影，
我在追随普希金的脚迹。

我走在涅瓦河畔，
冬宫披上白雪，

多少英雄迎接过芬兰湾的朝霞，
我在寻觅彼得大帝的脚迹。

我走在涅瓦河畔，
青松舞着白雪，
多少战士欢呼过波罗的海的日出，
我见着了伟大列宁的脚迹。

我走在涅瓦河畔，
河边停着阿芙乐尔巡洋舰，
我抚摸着黑油油的大炮，
看见了十月革命的黎明之前。

就从这里出发，
就从这里进攻冬宫，
就从阿芙乐尔发出第一炮，
把整个旧世界震动。

全世界被惊醒了，
我们也被惊醒，
结束了半个世界漫长的冬夜，
出现了永恒的春天的早晨。

1957 年 3 月 1 日午后于西安作协

选自《诗刊》1957 年 7 月号

战斗的爱歌

魏钢焰

一

我献上一捧艳红的玫瑰
让它在新娘胸前开放
我把这喷香的葡萄酒
给年青的新郎斟上

乐队，停一下
孩子们，不要嚷
把杯子都举起来吧！
可是，别慌
先听我把首歌儿来唱

我不唱杯中的葡萄美酒
什么酒还能比新人的心甜？
我不唱胸前的鲜花
什么花能比上新娘的脸！
我要唱一首战斗的爱歌
献给今天和明天的新人
献给这新婚的夜晚

二

把花朵当杯
斟上露水
望心坎浇上几杯
那个不会？

爱情呵！不是花呀，
不是酒！

你是雪地露营中的野火
夜行军里天空的星
你是旭日旁的朝霞
河水中的浪花。
谁要在时代的巨页上
　　只留下斑斑泪痕
谁要是只盯着爱人的睫毛
　　像醉汉东倒西歪
他呵，就唱错了爱情之曲

真正的爱情之歌
不唱在北海的冰场西湖的水艇
战斗的爱歌
唱在那酷热的沙漠中

你如觉着她的手从你臂中滑下

倒在戈壁 昏迷不醒

你就扶起她

用爱情之歌

润湿她的心!

真正的爱情之歌

不唱在夏日的林荫大道山村的小溪旁

战斗的爱歌

唱在暴风掀举的海船上

要是他手上无力，心里发冷

你就用爱的火焰

把他的心重新烘暖

不只是看见了

他身上挂着勋章

手里捧着奖状

你才在鲜花上再献朵鲜花

赞歌中把爱歌来唱

你要是看到他

在生活的道路上跌了跤

身上有泥

脸上有血

不要走开!

把手放在他的额上
使他镇静清醒
用爱情的眼
直射他的灵魂
使他从你身上重新获得生命

三

爱情是什么？
是考验，是斗争
多少涉过重洋大海的老水手
在这块礁石上遇了险！

在爱情的歌谱面前
谁能一声不响！
在爱情的镜子下
谁能把自己的灵魂遮掩？

你将在他的身上
看到真正的你！

不管你愿不愿意
你都要为每个内疚
在良心上留下烙印

每当天阴下雨

落雪起风

这烙印会裂开伤口沁出血珠！

不要轻易地吐出这个字——"爱"！

只有真正经历过人生

你才能说："我懂得爱情！"

不要照着别人的泪光

在自己鬓角插上鲜花

不要站在孩子摇篮旁

对他说着谎

美貌中还有美貌

青春里更有青春

荣誉上还有更大的荣誉

谁能把"幸福"的尺度固定

但只有这双眼

才能永远像夏天的太阳

透进了澄清的湖水

这样透视你的心

只有这双手

才不管赴汤蹈火雪山草地

永不把你的手儿放松！

真正的爱呵！

皱纹白发遮不住

风霜雨雪打不退

时光日月磨不掉

惊涛骇浪推不动

四

爱情呵！你是海洋

你能载着希望的帆船远行

可也会覆灭精巧的游艇

你有金色波涛里的日出

可也有击碎白云的巨浪

多丰富呵！多宽广

谁敢说用这首短歌

就能把爱情完美歌唱？

乐队，奏起来吧

孩子们，唱吧

让我们举起酒杯

为了真正的爱情

战斗的爱情

干杯！

选自《诗刊》1957 年 7 月号

大风歌

献给在创造物质和文化的人

张贤亮

我来了！
我来了！
我来了！
我是从被开垦的原野的尽头来的
我是从那些高耸着的巨大的鼓风炉里来的
我是从无数个深藏在地下的矿穴来的
我是从西北高原的油田那边来的
啊！我来了！
我是被六万万人向前飞奔所带起来的呀！
我来了！

那无边的林海被我激起一片狂涛
那平静的山川被我掀得地动山摇
看呀！那些枝枝烂叶在我面前仓惶逃退
那些陈旧的楼阁被我吹得摇摇欲坠
我把贫穷像老树似的拔起
我把阴暗像流云似的吹飞
我正以我所夹带的沙石黄土
把一切腐朽的东西埋进坟墓
我把昏睡的动物吹醒

我把呆滞的东西吹动

啊！这衰老的大地本是一片枯黄

却被我吹得到处碧绿、生气洋洋

看！那大洋汹涌的波涛也在我鼓动下

　　狂舞而去

　　拍打着所有的海岸

　　告知全人类我来到的消息

啊！把一切能打开的都打开吧！

　　把一切能敞开的都敞开！

出来呀！出来呀！出来！

把你们的面迎着我

把你们的两臂向我张开

即使我是这样猛烈也无妨

我就是要在你们的生活中激起巨浪

我创造的洪流将席卷一切而去

啊！我要破坏一切而又使一切新生呀！

我向一切呼唤，我向神明挑战

我永无止境，我永不消停

我是无敌的，我是所向披靡的，我是一切！

我是六万万人民呀！

啊！我是新时代的大风

听！我呼呼的声音里有金属的锵锵

听！我宣布

　　一个新的时代已经来临！

二

——我在大风中——

啊！大风呀！

你来了！你终于来了！

你像千军万马冲下山岗

你像一亿道闪电同时放光

那个人的烦恼、那个人的忧愁、那个人的利害与自私

在你激烈的气流吹击下

都如烟、如云、如雾似的消失

我把我全身脱得精光

我这样才被你吹得舒畅

啊！大风呀！

我的七窍都向你大大地张开

你不把你的威力一直灌注到我的脏腑

我的心决不会有一点满足

你带的那雷、那雨、那电

都要在我的胸中飞迸

击毁了我而促起我的新生

这样，我这瘦小的身体将能有大河的容量

你带来的那热、那力、那光

将充满了我的胸膛

严烈的大风呀！

吹吧！

我要满心充着爱，我要热情的旋律叩击着我的胸怀

我知道

　　谁不满怀着热情，谁不满怀着爱

谁就不配进入

　　　　　你带来的这个时代

啊！怒吼着的大风呀！

吹吧！

我把我的两臂向你张着

我把我的胸膛向你敞开

你那雄浑的力的波涛

将吹举我到世界的上空飘摇

我要从墨翟那里看到列宁

要一直从《诗经》看到《战争与和平》

你将吹动我如云似的随你去遨游

使我更清楚地去看生活、看地球

啊！大风呀！

你那威严的声音已唤起我的智慧

我知道

　　　谁没有知识，谁不会生活

　　　谁没有广阔的眼界

谁就不配进入

　　　　　你带来的这个时代

大风啊！吹吧！

只凭思想中的一点火星决不能生活

我要让你把我吹得满身烈火

我的肺已吸满了你强烈而甘芳的气息

我的血液已感染了你的威力

我要为你能吹到遍地

任那戈壁滩上的烈日将我折磨

忍受深山莽林里的饥渴

不怕皮破骨损、不怕满身伤痕

啊！大风呀！

即使我为你牺牲又怎样?！

你已化成了我，我已化成了你

如果我不去创造，不去受苦

如果我不勇敢，不坚毅

如果我不在那庸俗的、世故的、官僚的圈子里做个叛徒

啊！我又能有哪点像你

大风呀！

我要在你浩荡的气流里做最前的一股

在一切可怕的地方我最先接触

怒吼吧！

吹吧！

吹到遍地吧！

大风呀！

让你那滚滚滔滔的雷似的声响

让你那澎湃着的浪与浪冲击的音调

让你那强有力的和声去宣布

新的时代来临了！

需要新的生活方式！

需要新的战斗姿态！

选自《延河》1957 年 7 月号

红豆集（二首）

浪波

红豆生南国，春来发几枝。
愿君多采撷，此物最相思！
　　——王维

等

月光初照窗台，
等你哟你竟不来。
心里乱像一团麻。
尽管清风如篦，
梳也梳不开！

月光照满纱窗，
等你哟等得心伤。
浑身热得像一团火。
尽管月光如水，
浸也浸不凉！

采莲曲

月儿弯弯，像白静的菱角；
菱角弯弯，像黎明的月牙。

姑娘的绿裙，像一片荷叶；
姑娘的笑脸，像一朵莲花。

迷人的歌声在水上荡漾，
歌声里带着莲花的清香；

歌声逗得疑心的小伙子频频张望，
却分不清哪朵莲花是自己的姑娘！

选自《星星》1957 年 7 月号

淮河呵，母亲的河流

阿红

淮河呵母亲的河流，
别来仿佛已有百年，
屈指尚可算定日期，
一瞑目便觉无限遥远。

我的心一半在关外，
一半便沉入淮河底，
滔滔东去的水流呵，
我的心载不动如许乡思！

那恬静的山谷中的人造湖泊，
那金碧的横跨河身的水闸，
那比大海宽阔的三春两岸，
那日新月异的一个个城镇……

淮河呵母亲的河流，
我听够了你忧愁的呜咽，
从红旗插上了桐柏山头，
渴望听你一路欢乐的歌音！

我常常站在浑河边，
向着西南高声呼唤，
应答的只是绵绵的水音，
触目的只是悠悠的白云！

1957 年北京

选自《星星》1957 年 7 月号

鲁迅墓前

冯白鲁

仍旧是那件褪色的灰布长衫，
仍旧双手靠在破旧的竹椅上，
仍旧是那双深沉的眼睛，
在观察注视世界。

仍旧是那乱蓬蓬的头发，
像陡立的山岳般的脸，
还听得见激昂的声音，
与旧社会势不两立。

从风里雨里过来的你，
风里雨里一步也不离开，
看见你就会想起海燕，
钢铁的翅膀掠过海面。

好硬朗的骨头，
血管里充满了恨和爱。
一边写，一边咳血，
都为了我们这年青的一代。

沿着载满绿树的小径，

我们来到你的身边，

你细细地端详了我们，

眼睛里看得见你的欢欣。

虽则仍旧是那件长衫那张竹椅，

虽则仍旧是那双深沉的眼睛，

不同的是你脚下已无荆棘，

无数的花圈拥着你的身影。

选自《人民文学》1957 年 7 月号

门里关着一个春天

吴奔星

在那艰难的岁月里，

我曾经在雪地里过年。

今年，依旧是风雪，

门里却关着一个春天。

门里关着一个春天，

由于你的到来，鼓舞我成了高级社的社员；

从你那水汪汪的眼珠里，

兴起一阵春雨洒向我荒凉的心田！

春雨洒向我荒凉的心田，

也洒向干旱了的田园；

你伸出那健壮的双手：

"瞧哇，凭它就能赶走荒年！"

真的，双手赶走了荒年，

绿色的庄稼并不靠神仙；

丰收的喜讯敲响了门户，

门里关着一个春天。

1957 年 2 月 28 日

选自《文艺月报》1957 年第 7 期

南方

李瑛

南方的山

对于我们南方的山，

我的诗怎能用咨嗇的语言，

满天的阳光，满天的云雾，满天的雨水，

又晶莹，又朦胧，好不奇幻！

而且还有满坑满谷的大树，

而且还有亘古轰响的飞泉……
既然你微笑着站起身来迎接我，
我就要停下："你好，南方的山！"

椰子林

朋友，你看看椰子林吧，
看看这一簇簇美丽的凤尾，
十月已注满她们累累的果实，
以洁白的乳汁和歌曲……

你说我怎能不歌颂我的祖国，
即使在最远最远的山里、云里，
即使是一棵树、一根草、一只蠓虫，
也把它们打扮起来，并把它们哺育。

静悄悄的海上

静悄悄的海面，
一张帆在远行，
在那遥远的水天尽头，
仍然有我们的岛、我们的城。

帆在海的光洁的胸脯上滑着，
太远了，看不见动——
像南方中午堤边的蝴蝶，

那样静，那样轻。

选自《奔流》1957 年 7 月号

泉城诗抄

孔孚

泉水

没有户户垂杨，
确是家家泉水；
这里地下仿佛不是泥土，
而是泉水，泉水……

趵突泉

不知从什么时候，
趵突泉从地心涌起，
从此它飞跃着银色的水柱，
昼夜不知休息。

现在如此，
几万万年前亦如此。
暴风雨中它唱着狂放的歌，

没有弯下它晶莹的身躯。

它永远也不知疲倦，
没听见它一声叹息；
它的鬓间没有一根头发变白，
它永远是那么年轻美丽！

济南人

泉水把济南人养大，
济南人活泼而天真；
走在街上，他们好像收不住脚步，
坐下来，也流动着，像泉水。

要找济南人谈谈心吗？
那可以去叩开每一家的小门。
他们会给你煮一杯清茶，
用碧绿碧绿的趵突泉水。

红色的河

三条红色的河，
向着三面的山谷涌流；
有的在谷地上回旋，
有的已冲出山谷的缺口。

河流弯曲着，

两岸是绿色的树丛。

栉比的平房是微波，

高起的大楼是浪头。

有的浪头上漂浮着人群，

人群在舢板上浮动。

他们是些弄潮的建筑工人，

赶过这一个浪头，又爬上另一个浪头！

三条红色的河，

向着三面的山谷涌流；

有的在谷地上回旋，

有的已冲出山谷的缺口。

走在石路上……

走在石路上，

脚底下是泉水哗哗；

在生活的激流中我也是整天这样嘶吵，

只因为我是这泉水滋养长大。……

天泉

离开城市的居民区，

有一排排天泉；

它们在高空喷吐着，

腾腾像一片黑色的牡丹。

济南真是个多泉水的城市呵，

泉水涌流着，不管是天上人间。

虽然我深深爱这地上的泉水，

但我更爱那高空的天泉！

它们是我们祖国的骄傲，

跃动着真正的时代情感！

我用我的心来赞美这些泉水，

在我心目中，它们是济南第一名泉！

选自《星星》1957 年 7 月号

山中杂诗

楼适夷

一

山，张着嘴笑了

新开凿的石崖

露出洁白的牙，

石崖上，

一丛紫兰色的杜鹃花

倒挂下来。

是偷偷地，

在张望车窗里的归客吧。

二

伸起粗壮的胳臂，

满山松林苍翠。

映山红，

开得红如醉。

山沟里，

一块块，

不等边的山田，

蓄满了水。

秧子染成一片绿，

紫云英长得真可爱。

青青的竹林里，

白墙新村舍。

一个戴红领巾的孩子，

走出来。

三

溪流，欢乐歌唱，

乱石中
银色的水花奔放。

一群群男和女，
男的，赤着汗湿的胸膛，
女的，穿着红红的衣裳。
他们担着土，
扛着石头，
在春天的阳光里奔忙。

我认识这个地方，
敌人们，
曾经张过封锁的电网。
我认识这个地方，
民兵们，
曾经站过隐蔽的哨岗。

可是今天，
这一切都找不到了。
人们在建设水力发电站，
老头和孩子们在旁边望，
好像在山沟里，
电灯已经放光。

四

是炮火
摧折了的草场边的
老树的枝条，
粗黑的树干上
绿色的新叶又抽出来了，
染过血的土地是肥沃的。

树上的鸦儿还记得，
英雄们临难的时候，
所发出的叫号。
今天在这里，
盖起一座新的学校。
鸦儿们在侧着眼瞧，
团小组在草地上开会，
讨论得多么热闹；
一队队的女同学，
合着琴声在练习舞蹈。

五

妈妈两腿都是泥，
肩着锄头回家了。
孩子笑捧红山花，

却在妈妈前头跑。

夕阳还在山头照，
两个影子都在跑。
一个，又低又小，
一个，又大又高。

不要那样的笑，
不要那样的跑，
汗流到小脸上了，
花片落到路上了。

红红的一滴一滴的，
零落在石砌的山道。
你说这像个什么呀，
你回过头来瞧一瞧。

路上的石头它记得，
山里人们也没忘掉。
妈妈她忽然沉默了，
孩子那当然不知道。

写于 1957 年 4 月，四明山

选自《诗刊》1957 年 7 月号

远洋感觉

痖弦

哗变的海举起白旗
茫茫的天边线直立、倒垂
风雨里海鸥凄啼着
掠过船首神像的盲晴
（它们的翅膀是湿的，咸的）

晕眩藏于舱厅的食盘
藏于波罗蜜和鲟鱼
藏于女性旅客褪色的口唇

时间
钟摆。秋千
木马。桶篮
时间

脑浆的流动、颠倒
搅动一些双脚接触泥土时代的残忆
残忆，残忆的流动和颠倒

通风圆窗里海的直径倾斜着

又是饮咖啡的时候了

1957 年 8 月 14 日

选自流沙河编著《台湾诗人十二家》，重庆出版社 1983 年 8 月版

漫步雨花台

吴奔星

步出南京中华门外
触目惊心的是一笔巨大的血债

这儿的野草多么地柔嫩
它们告别过太多的年青的生命

沉默地登上烈士墓的阶台
每一层石级激起一阵悲哀

死者的亲属当时无从问讯
只有春花秋月是秘密的见证

"这成什么世界！这是什么时代！"
多少眼泪和叹息包孕着愤慨
雨花石上踏过烈属的脚印
石上的花纹凝结着未解的仇恨

革命的脚步迈过了淮海
罪恶的王朝停止了钟摆

春花秋月睁开了眼睛
探索游人兴奋的心情

一片翠绿宣告春天的到来
烈士的心花通过春花而盛开

选自《人民文学》1957 年 9 月号

自三十七度出发

余光中

自三十七度出发，地心的吸力重了。
我如登陆于木星，骤增为二百七十四磅，
看十一个月在太空旋转。
站在白垩纪的活火山上，独自和恐龙群搏斗。
地球痉挛着，若行星之将出轨，
七色火在四周吐毒蟒的舌头。

群鬼哗变着，冲出地狱的大铁门，
而且鼓噪着，追逐于我的背后；
梦魇骑我，向大峡谷的悬崖狂奔。

只有灵魂亮着，屹立于回忆的海啸。

心的热带，摄氏四十度，白血球和红血球

在血巷中赛马。

最后，一切都归于沉寂。

宇宙如一只停了的表，我醒来，在白色的南极。

护士立在我身旁，一头胖胖的雌企鹅。

伸右鳍摸一摸扁平的躯体，

血冷了，我发现自己是一尾鱼。

写于 1957 年 9 月 9 日

选自流沙河编著《台湾诗人十二家》，重庆出版社 1983 年 8 月版

我们的土地散发着芳香

欧外鸥

我听见

我们的田野在歌唱

我闻到

我们的土地散发着芳香

一股股的清泉

从蓄水池的城市

山过山

岭过岭

奔流下乡

成千上万小米丘林

头戴白帽

背着背囊

跳蹦蹦走在阡陌上

九月里

正好是新秋气象

第一代优秀的种子

已经冒出苗头

抽出了秧

我们的田野在歌唱

我们的土地散发着芳香

选自《诗刊》1957 年 10 月号

寻觅

高缨

翻过三十三座大山，惊起三十三只金鸡，

踩过三十三条河流，吓跑三十三条游鱼，

我匆匆忙忙，去把我的情人寻觅，
我的阿惹妞，阿惹妞，你在哪里？

我问山头的白杨，可见过我的阿惹妞？
那白杨说，见是见过，可是不在这里。
我问空中的布谷，可见过我的阿惹妞？
那布谷说，见是见过，却不知她的踪迹。
我问好心的路人，可见过我的阿惹妞？
那路人说，听见过她的名，不知在哪个村子……
我的阿惹妞，阿惹妞，你在哪里？

就好像乌云带走了大雨，乌云飘回雨不回，
狠心的奴隶主把你拴在马背上出卖了，
再不见你的黑发，只看见拴你的那根绳子，
再不见你的泪眼，只有我的眼泪打湿麻布衣；
只听说把你卖到头发披雪的地方去，
只听说把你卖到眉毛凝冰的地方去，
我的阿惹妞哟，如今我到哪里寻觅你？

看见远山上的红日，我就想起你的面庞，
看见遍地的荞麦花，我就想起你的裙子，
听见林间布谷叫，我就听见你在说话，
听见沟里溪水响，我就听见你在哭泣……
眼睛亮的人，一抬头就看见青松，
我的阿惹妞哟，我一闭上眼睛就梦见你。

有猎人的地方，虎狼不敢吃牛羊，

有共产党的地方，人间不再有奴隶，

我们不再用泪水洗手，不再被牵去换银两，

那毒蛇般的锁链化成了锄犁。

阿惹妞，阿惹妞，我分了一条牛、一块地，

我盖了一座新房屋，我在门边等待着你；

我们坐过的山坡，重新生长了青草，

我们倚过的小树，重新披上了绿枝，

我想把我的心与你的心贴在一起，

可是，阿惹妞哟，你的胸膛在哪里？

你为什么不回来，不回来把我寻觅？

难道你跟了别人，难道你把我背弃？

不，不，阿惹妞，我们曾经相约——

你一辈子不嫁别人，我一辈子不再娶妻！

我的阿惹妞的乳房，是用金子裹着的，

我的阿惹妞的发辫，是用银子扎着的，

谁要占有我的阿惹妞，谁就要挨我的刀子！

空中的飞云哟，你带我去寻到我的情人，

山上的小路哟，你引我去把我情人寻觅！

哪怕横着九十九座山，我也要挖九十九个山洞，

哪怕淌着九十九条河，我也要架九十九座桥梁，

阿惹妞，阿惹妞，我要走遍大小凉山，

我要找到你，我要找到你，我要找到你！

好让我们的木杓，刻着两个人的齿印，

好让我们的酒碗，留着两个嘴唇的痕迹。

我的阿惹妞，阿惹妞，你在哪里……

注：大凉山的彝族，曾是奴隶社会，奴隶主可以随意卖掉奴隶，民主改革后许多人去寻找家人、情人。

选自《人民文学》1957年11月号

扬场

张志民

春梅在当院纳鞋帮，
谷糠落在她头发上。

搬条板凳去望一望，
是哪个小伙子正扬场？

登上了板凳她没直腰
脸儿一红又下来了。

扬场的定是小青哥，
除非他谁扬得这么高！

心眼里想着小青哥，
又坐在当院纳起鞋。

谷糠像是青哥有意洒，

落满头顶不嫌多。

选自《人民文学》1957 年 11 月号

红玉米

痖弦

宣统那年的风吹着

吹着那串红玉米

它就在屋檐下

挂着

好像整个北方

整个北方的忧郁

都挂在那儿

犹似一些逃学的下午

雪使私塾先生的戒尺冷了

表姊的驴儿就拴在桑树下面

犹似唢呐吹起

道士们喃喃着

祖父的亡灵到京城去还没有回来

犹似叫哥哥的葫芦儿藏在棉袍里

一点点凄凉，一点点温暖

以及铜环滚过岗子

遥见外婆家的荞麦田

便哭了

就是那种红玉米

挂着，久久地

在屋檐底下

宣统那年的风吹着

你们永不懂得

那样的红玉米

它挂在那儿的姿态

和它的颜色

我底南方出生的女儿也不懂得

凡尔哈伦也不懂得

犹似现在

我已老迈

在记忆的屋檐下

红玉米挂着

一九五八年的风吹着

红玉米挂着

写于 1957 年 12 月 19 日

选自流沙河编著《台湾诗人十二家》，重庆出版社 1983 年版

一个和八个（节选）

郭小川

一、一个傲慢的犯人

这是火烈的战斗里

一块阴郁而不安的小天地；

这是生活的广阔的海洋上

一篷行将沉没的船只；

这是革命的军队中

一座临时的随军监狱。

这里没有高大的牢墙，

一座监狱只有一间小房。

这里没有坚固的铁栅栏，

小房间只有普通的门窗。

这里没有皮鞭和镣铐，

有的是一片冷寂和安详。

在这北方农家的一条炕上，

八条大汉正等待着死亡。

八张发绿的脸冒出油汗，

十六只手被紧紧地倒绑。

一个战士在门口看守着，

射进来嫌恶和鄙夷的目光。

八个人都是杀人凶犯，
在这里要把恶行的后果承担。
有三个是出名的惯匪，
他们的残暴曾震动过这片平原。
在战争初期的混乱中，
他们又啸聚成伙，骚扰民间。

四个是我军的逃亡士兵，
他们全副武装溜出了军营。
当他们遭到哨兵的阻止，
几只刺刀扎进了哨兵的前胸。
另一个是敌人派遣的奸细，
他曾把烈性的毒药投入井中。

八条生命并没有停止呼吸，
但他们的心灵已经枯死。
深重的叹息，疯狂的沉默，
驱走了乡间的清新的空气。
只有半睡的发红的眼睛，
偶尔把无声的话语传递。

远处儿童团的清脆的歌音，
传入房来却打不开心灵之门；
指挥员的拉着长声的口令，

这里的士兵都仿佛充耳不闻；
妇女们在村街上的高声哗笑，
也突不破这小房的沉闷。

而窗外每阵急促的脚步声，
却使这小小的房间颤动。
房前小树上的吱喳的麻雀，
常常打断人们的迷惘的梦；
牛栏中老牛的粗厉的喘气，
有时都会引起他们的失惊。

突然，院子里响起了一阵喧闹，
八颗心脏一齐在胸中暴跳。
八个人惊慌地抬头谛听，
哦，是一个男人在大门口咆哮：
"我偏不进去，我没有犯罪，
不要污辱我的共产党员的称号！"

叫喊声、跺脚声、叱责声⋯⋯
足足地喧闹了有五分钟，
战士们才把这个犯人拖进小房。
呀，这是个中等身材的士兵，
长长的脸，又黑又细的眉毛，
乍一看，简直有副女性的姿容。

仔细看来，他却已不算年青，

脸上的皱纹留下了风霜的踪影。
刚才那一阵发狂似的大闹，
弄得他满身尘土，双眼通红，
可是那疯人一样的外表上，
还透出一种理智和自信的神情。

新犯人被推拥着在炕头坐下。
愤怒和疲惫使他半晌说不出话。
他以锐利的目光扫了一扫，
巨大的疯狂又一次爆发。
他的双脚不断在炕沿上乱跺，
被绑着的手把土墙搔抓。

他对着犯人们厉声叫喊，
"滚出去！你们这帮土匪汉奸！
你们有什么资格跟我住在一起，
我跟你们这帮人不共戴天！"
那凶狠的、激怒的神态，
好几个犯人的手指都为之抖战。

可是他已经没有力气长久嘈闹，
他的身心是过于紧张和疲劳。
过了一会，他就平静下来，
颓然地垂下了头，弯下了腰。
人们以为他是睡着了，
但他忽然又把看守兵呼叫：

"同志，来，我说给你听！"
那神气仿佛是指挥员发布命令。
"你带个口信给三团三营长，
叫他证明我王金是不是反革命？
再到锄奸科去一趟，告诉他们：
我要求快把我的问题搞清。"

不知道是由于尊敬还是怕他纠缠，
看守兵顺从地连连把头点：
"好，好，我下了班一定去，
你安静地休息休息吧，教导员。"
哦，"教导员"这令人惊异的称呼，
使八个人一齐瞪起了圆眼。

这小小的风波随后就归于平息，
王金眯缝着眼睛进入深思。
可是这奇怪的犯人的来到，
为八个垂死的人唤回了生机。
他们彼此会心地望着、浅笑着，
好像小兄弟们一道猜谜语。

然而这神秘的谜底谁也揭不开，
一阵怒气又涌上他们的心来。
这个傲慢的人和他那傲慢的话。
曾把这八个人的自尊心伤害。

他们不自觉地生出一种欲望，
要把这怪物的锐气挫败。

尖下巴逃兵第一个打破了沉默，
"说不定也是开小差的，咱们一路货！"
旁边的大胡子土匪摇了摇头：
"我看是个汉奸，跟洋人合作！"
矮小的奸细失笑地望着大胡子：
"看那凶劲，好像跟你们是一伙！"

大胡子向尖下巴挤挤眼睛，
鼓动对方先发起进攻，
尖下巴似乎有些胆怯，
又用肩膀碰了碰另一个逃兵。
最后还是大胡子开了第一炮：
"嘿，你是不是跟日本人有点交情？"

王金的眼皮颤动了一下，
长出了一口气，却不答话。
大胡子又愤愤地补充了一句：
"我问的是你，不要装傻！"
尖下巴也鼓了鼓勇气说：
"我们不汇报，用不着害怕！"

王金翻开眼瞅了一瞅，
随即傲然地回转了头。

这下子，把几个犯人都激怒了，
大胡子对着他把额头紧皱：
"混蛋，摆什么官架子！
到这儿来的还分什么香臭！"

这粗野的低哑的声音，
似乎也引起了教导员的愤恨。
可是他并不正面向他们回击，
他那锋利的目光，有如刀刃：
"你们这些人知道什么，
不知道，就别瞎问！"

啊，这话引起了更大的愤懑！
垂死的人总要保卫最后的尊严。
一种狂烈的报复之火，
在这八个人的心上点燃，
咬牙切齿的诅咒和辱骂，
填满了这小小的房间。

大胡子的声音比谁的都响：
"别看他长个娘们的媚相，
他的心狠毒得像毒蛇，
我们村的三财主就是这样，
我杀的第一个就是他，
现在这个杂种也活不长。"

另一个粗眉毛土匪以教训的口气，
朝着王金展开了正面的攻击：
"以后你得放老实些，
论英雄好汉也数不着你！
老子当土匪、打官兵的时候，
你还躲在你娘的肚子里。"

尖下巴也发出尖锐的低音，
故意地向粗眉毛反问：
"他这样子的人还有娘吗？"
然后又狡猾地笑对着王金：
"我知道，你准是跟我一样，
舍不得那二亩地，一个娘们。"

小房内响起一阵泄愤的哄笑，
而得到的回答还是无言的轻蔑。
哎，人可以忍受最粗暴的申斥，
却怎能经得住这凌人的高傲。
几个犯人粗声地嘘嘘喘气，
发泄他们那难以遏止的气恼。

他们还是断续地发起战端，
以他们那卑俗的辛辣的语言，
可是他们却怎样也得不到回答，
仿佛大石头落在滑软的泥潭。
被攻击的人竟紧紧闭上眼睛，

风风雨雨都掀不开他的眼帘。

于是挑战的人也就感到乏味，
再没有兴趣跟他继续作对，
好像这是一个失常的病人，
人们嫌恶他却不想把他得罪。
然而谁的心里也没有放过他，
看这傲慢的人的命运怎样结尾……

　　　　写于 1957 年 12 月

　　　　选自《长江》1979 年第 1 期

守夜老人

吴琪拉达

别看他老了，
他却有一颗年青的心；
别看他背驼了，
他却有一双有力的手。

别看他额上起了皱纹，
他的头脑却特别清醒；
别看他眼睛布满了血丝，
那却是一双警惕的眼睛。

就是他啊，曾经做了五十年奴隶，

他的青春在奴隶主的锅庄边消失。

他的眼睛在烟雾里布满血丝，

他的心啊，在锁链中种下了仇恨。

他曾在奴隶主的羊栏边，

弹着口弦，伴着月亮过夜，

如今他拿着枪，站在山头上，

守卫着已经获得的土地和自由。

选自《诗刊》1957 年 12 月号

城里的人

罗门

他们的脑部是近代最繁华的车站，

有许多行车路线通入地狱与天堂，

那闪动的眼睛是车灯，

随时照见恶魔与天使的脸。

他们挤在城里，

如挤在一只开往珍珠港去的船上，

欲望是未纳税的私货，良心是严正的关员。

1957 年

选自罗门编著《罗门诗选》，洪氏出版社 1984 年 7 月版

天窗

郑愁予

每夜，星子们都来我的屋瓦上汲水
我在井底仰卧着，好深的井啊。

自从有了天窗
　就像亲手揭开覆身的冰雪
　——我是北地忍不住的春天

星子们都美丽，分占了循环着的七个夜，
而那南方的蓝色的小星呢？
源自春泉的水已在四壁间荡着
那叮叮有声的陶瓶还未垂下来。
啊，星子们都美丽
而在梦中也响着的，只有一个名字
那名字，自在得如流水……

写于 1957 年

选自刘登翰选编《台湾现代诗选》，春风文艺出版社 1987 年 8 月版

1958年

海河边的夜（二首）

邹积禄

码头

深夜的码头有什么特色？
水波上流着万家灯火，
搬运工在月色中往来奔忙，
汽笛合着号子是献给黎明的乐章。

对岸

在对岸座座巍立的厂房，
都睁着明亮的眼睛。
运输汽车像道道流星，
拂开那远处黑暗的夜空！

选自《人民文学》1958 年 1 月号，1958 年 1 月 8 日

南行五首（选三）

李季

玄武湖的秋天

堤上是数不尽的垂柳、梧桐，

洲上又是青翠的松竹层层，

正想在写生板上抹上一笔别样颜色，

一转弯，了见一面红旗在树梢飘动。

湖水在秋风中轻轻颤动，

浪层上浮动着紫金山的倒影。

不爱在幽静里独自行走，

忽听见远处游船上手风琴伴随着清脆的歌声。

黄浦公园

我从南京路，

步行到黄浦公园。

我用黄浦江的水，

洗了手和脸。

过路的人呵，

请不要发笑；

我还是第一次来到上海，

我要把童年的记忆洗掉。

这儿永远是春天

用不着踏破铁鞋跑向天边，

天涯海角就在你的眼前。

再不要忧心春要离开人间，

这儿一年四季都是春天。

春风长年吹拂大地，
山野间无处不是万紫千红。
算起来，就是缺少严寒、雪花，
还有飘零的落叶和它的友伴——秋风。

这儿的树叶最绿，最青，
这儿的鲜花最香，最红，
这儿的天空蓝得透亮，
生活在这儿的人呀永远年青。

选自《人民文学》1958 年 1 月号，1958 年 1 月 8 日

写在美国黑人斗争的照片上（节选）

邹获帆

火焰般的歌声

——伯明翰市的黑人女青年们，在警察包围下，唱《我要自由》的民歌。

哪怕警察围成了重重铁城，
哪怕铁镣铐郎当作声，
"我要自由！""我要自由！"

黑人的歌声高唱入青云。

黑人女青年们，
你们唱吧，你们跳吧，
在宽阔的街道上你们向全世界播音。
有什么歌曲比民歌更好听，
唱民族的尊严，唱民族的光荣。
你们的歌声最能动人心呀，
唱你们的理想，唱你们的不平。

他们不准你们在街头跳土风舞，
他们不准大街上有黑人的民歌声，
要洗碟子的脏水照你们美丽的身影，
要你们受奴役的呻吟代替少女的歌声……

"我要自由！""我要自由！"
火焰般的嘴唇唱出火焰般的歌声，
觉醒了的黑人像着火的煤炭啊，
你们的火焰能销熔重重的铁城！

选自《人民文学》1958 年 1 月号，1958 年 1 月 8 日

理发师（节选）

吕远

先别走，老吕
你看，窗外挺大的雨
别淋了新剪的头，坐下
你听听，咱剃头的
半辈子委屈

　　理发馆里没有顾客，静悄悄地
　　窗外淅淅沥沥地落着秋雨
　　老理发师两眼发暗，望着窗外
　　深深地，深深地，叹一口气

我老周，今年四十九
有四十年的日子不好受
那四十年的日子是下苦雨呵
直下得我四十岁就白了头

不是你交上我这老朋友
当年的心事我不露
你问过多少回
我也没吐口
说它干什么呢

挺难受

可是你明天要走，好吧

三十年的老话

你听我说从头……

从小我没娘

净给黄老九放牛

十四岁又没了爹

没了爹，靠谁呢

——跟了我老舅

学了剃头

三年出徒，我挑着挑了

东走，西走

给人家刮脸

给人家洗头

风里来，雨里去

汗水随着风雨流

老舅，老了

我，学成了

河南的土道我走熟了

河南的镇子我走遍了

那时年轻，爱美

穿个蓝大褂

留个小平头

挑子上肩一颤悠

手儿轻，活儿快，人儿和气

沾手准添三分俊秀

南南北北，谁都知道

我是把好手

老舅有个好闺女，叫银斗

她长得眉清目秀

那双大眼，我爱看

看到多咱也不觉够

我心里有她

她知道

她心里有我

我明白

可是这句话

我不敢出口

有心问老舅

又怕舅母不应

咱个穷手艺人，没地，没牛

怎么能养活

那一家三口

有心想不提

白日想，夜里想

又憋得难受

唉，那年月

咱剃头的不值钱

那么好的闺女

谁肯丢到咱们手

黄老九有个少爷，当文书

别看人丑，出名的"大风流"

三天两头找我，剪头刮脸

剪了头刮了脸，就东逛西溜

老天爷不长眼

他盯上了我那银斗

他盯上了银斗

就跟上了老舅

今日一升米

明日一升豆

三天两头请喝酒

三月十八月黑头

我从集上往回走

刚刚走进村西口

有人拉住我的衣袖

叫了声"哥哥"就低下头

黑影里我看出是银斗

我压住心跳叫了声妹妹

她一把拉住我底手

"哥哥，哥哥，怎么办"
俺娘逼我嫁"风流"
我低着头，半天
"是呵，我穷呵，银斗
叫你跟个穷剃头的
有什么奔头"

"你穷，可你手艺好，心好
你剃头，可你俊，你不丑
咱再穷，穷不坏咱的心
咱再穷，穷不烂咱的手
哥哥，哥哥，咱不会总受苦
哥哥，哥哥，我愿跟你走……"

那晚上，他偎在我怀里
苦呵苦呵，哭了很久
我说："别哭，银斗
穷打铁的杨秀清当过王侯
总有一天，剃头的也能出头
你先等着，我积点钱
到立秋，咱走"

我头一次拉着她的手
送她往回走
忽然身后一声喊

"臭剃头的，撒手

你也想吃天鹅肉？

银斗，过来

跟我走！"

我回头一看

是大"风流"

他一把

拉走了银斗

黑天空，忽然落了雨

我在雨里站了半宿

不知是雨，还是眼泪

在我脸上流

第二天我到北村去作活

"大风流"冷笑着，走来找别扭

"穷剃头的别臭美

你也配留个小平头？

脱下裤子照照丑

你也配吃那口天鹅肉？"

我低着头，不说话

他过来就一巴掌，打得我

满嘴鲜血流

我没敢还手，望着他

我说："少爷，我

到底有什么罪，和你
有什么冤仇？为什么
你见面就要下毒手！?"
"你臭剃头的下九流
我爱骂就骂，要揍就揍
你个下九流的臭剃头的
凭什么跟我争姘头?"

我说："少爷，俺剃头的
到底为什么臭，为什么丑
俺不杀人，不放火，不抢，不偷
为什么俺算下九流
为什么许你风流，许你美
不许我留平头?"

他两手叉腰往凳子上一坐
当着街坊羞辱我
"臭剃头的，过来侍候侍候
给大爷刮刮脸，剪剪头
添上三分俊秀
大爷好去看你那银斗
搂着银斗喝酒
搂着银斗吃肉！"

我气炸了肺，拿起刀子
拿起刀子，我又把刀丢，

我说："对不住，少爷

我穷，可我剃的是人头

不是狗头！"

说完！我挑起挑子就走

……

选自《北京文艺》1958 年 1 月号，1958 年 1 月 20 日

夜航

放平

夜雾笼罩在宽阔的江上，

远帆落下了困倦的翅膀，

城市和乡村已经静静地入睡，

一艘满载客货的船只却在夜航。

轮机呵，你唱的可是催眠的歌曲？

奇妙的节奏甜美而又安静；

江水呵，你用的可是母亲的手臂，

在抱着孩子急急走向自己的故乡？

这是我第一次在长江上游航行，

我兴奋，心灵在跟着轮机歌唱。

多想到甲板上去看看江上的夜色，

看看那诱人的渔火和航标上的灯光。

轻轻打开窗，窗外月如霜，
谁在那里说话？声音低沉、洪亮：
"夜深了，你为什么还不去睡？
老在甲板上欣赏这川江的风浪！"

"我曾经有一个心爱的人，
一天晚上和我在堤岸上散步，
那时江上也有这样的夜雾，
天空也有这样银色的月光。

"我们谈着生活，谈着理想，
她说她要第一个在川江夜航；
为了迎接解放彼此分开了手，
此后谁也不知道谁在什么地方。

"今晚我看见了驾驶台上的舵手，
她和我当年心爱的姑娘十分相像，
我想上前去认她，又怕不是她，
心里犹疑不决，只好来看看月光。"

"你应该前去问问她的姓名，
何苦一个人在这里胡思乱想？
你曾经在战场勇敢地打过仗，
现在见到女同志反而不大方？……"

这真是一个十分有趣的故事，
我多么希望他们再往下讲！
可是甲板上这时响起了远去的脚步，
我的心哟，只好重新随着轮机歌唱。

选自《诗刊》1958 年 1 月号

故乡三首

沙鸥

重逢

是日子过得太久远？
是我心上的街道划错了线？

我在解放碑前逗留，
人影、灯光都牵动我的思念。

十年你走了百年的路，
一天我怎能把你追赶！

我真想等到群星远飞，
北京的时刻表，你的明天。

老爹

像那刚劲的柏树，
十多年你没有变样。

你儿子也在厂里？
我还记得他小时放羊。

是的，我已看过了，
这一片都是新建的厂房。

我知道你不愿告老，
你的雄心厂长早对我说了。

女会计

一缕阳光穿过纸窗孔，
悄悄落在她的桌上。

她埋头写着，
算盘珠儿拨得轻轻响。

谁知道她在中学里，
就挑中了这个地方。

社长抽着叶子烟进门来了，

她抬起头，脸上一朵阳光。

选自《星星》1958 年第 2 期，1958 年 2 月 1 日

深山旅行记（二首）

雁翼

我愿……

我愿把大小江河里每一滴水作为香墨，

我愿把碧蓝碧蓝的天幕作为稿笺，

我愿把昆仑山的神峰作为写诗的袖笔，

我愿把满天金光闪闪的星座作为标点。

啊祖国，我愿我真能有那么宽阔的胸怀，

能装下宇宙间所有的美妙的情感，

啊祖国，我愿我真能有那样高深的技巧，

把人类前进的脚步声写成动人的诗篇。

深山旅行记

谁说深山里只能听见野兽的叫啸？

谁说深山里只有瘴气把腐草遮盖？

谁说深山里只有长年可怕的寂寞？

谁说深山是人间以外的不可知的世界？

我漫游过无数个古老的深山峡谷，
从秦岭到金顶山，从牙格曼到金沙江畔，
虽然我常常受到毒蛇和虎豹的阻拦，
但更多的是一群群建设者热情的接待。

深夜，你再也无心观赏那星星点点的磷火，
一堆堆篝火，照红了深谷和茫茫的天涯，
白天，你再也无需欣赏那野性的百合、水仙，
白的、绿的帐篷似朵朵莲花盛开。

傍晚或假日，不管是蒙蒙细雨或是雪花飘落，
你看吧，在溪边，在山坡或是腐草丛丛的深谷，
一群群男女建设者，唱呀，笑呀讲述着神话，
啊，真是个满歌满舞的神奇般的世界。

筑路者挥动着巨斧，劈砍着大山小岭，
伐木者在深林走动着，把合格的树木选择，
这里测量厂房的基地，那里寻找电厂的水源，
又有多少个戴藤盔的人们把宝矿的大门击开。

啊，我们的人民派出了多少个聪明勇敢的儿女，
探险者一般，走进这野兽和风雨长年统治的深山，
不会等待多久，当第二个五年计划结束的时刻，
你再来看吧，这神秘的深山将变化得不可理解。

看见这一切，你怎能不想起我们年轻的共和国，

像神话中的勇士一般，创造着奇妙的世界，

看见这一切，你怎能够不放开喉咙大声歌唱，

歌唱我们的人民，歌唱我们的时代，歌唱我们的未来……

选自《星星》1958 年第 2 期，1958 年 2 月 1 日

访毕加索同志

李霁野

我们到法兰西南部海滨，

不是为欣赏那里的美景。

我们去访画和平鸽的大师，

用艺术作斗争武器的巨人。

法兰西有人对他肆意歪曲，

说他有不近人情的怪癖：

我们远道前来的友好访问，

他会完全闭门不加睬理。

法兰西也有人热烈赞扬，

严词驳斥对他的恶意中伤：

美国富豪诚然遭他的白眼，

他们拿金元换取客厅的装潢。

我们初见一点也不陌生，

他的态度潇洒，毫不拘谨，

他像儿童一样天真坦率

迎接共产主义中国的客人，

看不出他有七十多岁的高龄，

他的脚步像少年一样轻盈

他的中等身材健康灵活，

眼睛里闪耀着西班牙的热情。

满屋里都是绘画、雕塑、陶器，

多种多样的形象神采奕奕。

一个笼里养着洁白的双鸽，

更使屋里充满了活泼生机。

他说双鸽是朋友的赠礼，

他为友谊对它们十分珍惜。

我们为和平鸽表示祝贺，

他点首微笑，心会我们的敬意。

他赠送我们他自己的画册，

他用画笔学汉字题写扉页；

他三五笔就画出和平鸽——

鸽子和汉字都使我们叫绝。

把我们送到了大门口，

他又依依牵住我们的手：
"可否再作我的几分钟客人？
我不愿匆匆就把你们送走！"

我们欢欢喜喜走了回去。
我们又何尝不觉得依依？
他说自己学过中国绘画，
他愿听一听中国的歌曲。

他欢喜得完全像个孩子，
他也引得我们乐不可支：
他戴上奇怪眼镜和橡皮大鼻，
化了装使我们全不认识！

诽谤他的人睁开大眼惊奇，
他猜不透我们玩了什么玄虚。
赞扬的人替他一语道破：
"毕加索相信共产主义！"

临别时他赠送我们桂枝，
祝中国作人类和平的柱石。
我们不会辜负你的善良愿望，
共产党员，艺术大师，和平战士！

写于 1958 年 1 月 3 日

选自《人民文学》1958 年 2 月号，1958 年 2 月 2 日

酒吧的午后

痖弦

我们就在这里杀死

杀死整个下午的苍白

双脚蹂躏瓷砖上的波斯花园

我的朋友，他把栗子壳

唾在一个无名公主的脸上

窗帘上绣着中国塔

一些七品官走过玉砌的小桥

议论着清代，或是唐代

他们的朝笏总是遮着

另外一部分的灵魂

忽然我们好像

好像认可了一点点的春天

虽然女子们并不等于春天

不等于人工的纸花和隔夜的残脂

如果你用手指证实过那些假乳

用舌尖找寻过一堆金牙

而我们大口喝着菊花茶

（不管那采菊的人是谁）

狂抽着廉价烟草的晕眩

说很多大家闺秀们的坏话

复杀死今天下午所有的苍白

以及明天下午一部分的苍白

是的，明天下午

鞋子势必还把我们运到这里

写于 1958 年 2 月 4 日

选自流沙河编著《台湾诗人十二家》，重庆出版社 1983 年 8 月版

蛇衣

痖弦

我太太是一个

仗着妆奁发脾气的女人。

她的蓝腰带，洗了又洗

洗了又洗。然后晒在

大理菊上。

然后，（一个劲儿）

　歌唱

　　小调。

我太太想把

整个地球上的花

全都穿戴起来，

连半朵也不剩给邻居们的女人！

她又把一只喊叫的孔雀

在旗袍上，绣了又绣

绣了又绣。总之我太太

认为裁缝比国民大会还重要。

美洲跟我们

　　（我太太，想）

虽然共用一个太阳，

可也有这样懒惰的丈夫

　　（那时我正上街买果酱）

且不会

　　歌唱

　　　　小调。

在春天。

我太太

像鸬鹚那样地贪恋着

她小小的湖泊——镜子。

我太太，在春天，想了又想

想了又想

还是到锦蛇那儿借件衣裳吧。

　　　　1958 年 3 月 3 日

　　　　选自《文学杂志》第 4 卷第 2 期，1958 年 4 月 15 日

西螺大桥

余光中

矗然，钢的灵魂醒着。
严肃的静铿锵着。

西螺平原的海风猛撼着这座
力的图案，美的网，猛撼着这座
意志之塔的每一根神经，
猛撼着，而且绝望地啸着。
而铁钉的齿紧紧咬着，铁臂的手紧紧握着
严肃的静。

于是，我的灵魂也醒了，我知道
既渡的我将异于
未渡的我，我知道
彼岸的我不能复原为
此岸的我。
但命运自神秘的一点伸过来
一千条欢迎的臂，我必须渡河。

面临通向另一个世界的
走廊，我微微地颤抖。
但西螺平原的壮阔的风

迎面扑来，告我以海在彼端，

我微微地颤抖，但是我

必须渡河！

矗立着，庞大的沉默。

醒着，钢的灵魂。

　　附注：三月七日与夏菁同车北返，将渡西螺大桥，停车摄影多
帧。守桥警员向我借望远镜窥望桥的彼端良久，且说："守桥这么
久，一直还不知道那一边是什么样子呢！"

　　1958 年 3 月 13 日

　　选自《创世纪诗刊》第 10 期，1958 年 4 月 26 日

头上照耀着红星

郭沫若

温度已降到零下，

三色堇还在开花。

肃静的克里姆林

超出城市的喧哗。

园中的草色青青，

年轻的枞树森森。

枞树下并肩徐行，

头上照耀着红星。

1958 年 3 月 14 日

选自《诗刊》1958 年 4 月号

京城

痖弦

京都哟
快快用你最后的城齿
咀嚼那些荒古的回忆罢
回廊上的长明灯就要熄了
瞳孔穿过大漠也看不见胡马
在月光下

这已不是那种年代
　　在盾牌上，在虎帐里
这已不是那种年代
　　在龙旗下，在甲胄中

指南车的辙痕，随甲骨文一起迷茫了
京都哟，你底车轮如今是旋转于
冷冷的钢轨上
一种金属的秩序，钢铁的生活
一种展开在工厂中的
新的歌宴

啊啊，振幅哟，速率哟，暴力哟

钢的歌，铁的话，和一切金属的市声哟

　　履带和轮子的恋爱哟

　　阴螺丝和阳螺丝的结婚哟

新的热疹，新的痉挛

京都哟，你底单纯的荼蘼花

再也不能用以赞美姐妹们

因加力骚舞而扭曲的颜面

而当黄昏，黄昏七点钟

整个民族底心，便开始凄凄地

凄凄地滴血，开始患着原子病

甚至在地下电缆下

在布丁和三明治的食盘中

都藏有

灰鼠色的

核心裂的焦虑

京都哟

快快用你最后的城齿

咀嚼那些荒古的回忆罢

你底鼓楼再也擂不响现代

熄了，熄了，长明灯

在夕阳中

　　写于 1958 年 4 月 12 日

　　选自洪子诚、程光炜编《中国新诗百年大典》，长江文艺出版社 2013 年 3 月版

祖国最南端

丁明

南海从昨夜的甜睡中醒来了
红旗划开天幕，星星隐进云层
南海从昨夜的甜睡中醒来了
军舰掀动了闪光的银缎

朝阳从云层的缺口倾泻光彩
海上有道道金色的瀑布高悬
舰队像一群雄伟的壮士
身披阳光，踏着海涛前行……

回头北望，早醒的海南岛远了
那榆林港的青青山群很远了
寸寸甲板就是祖国寸寸领土
哦，原来我是站在祖国最南端

我站在祖国领土最南端
头上红旗在万里海疆上招展
北去的晨风请带去我的汇报
"祖国，南海国门夜夜平安"

1957 年初冬于海南
选自《诗刊》1958 年 5 月号

牧牛人

张永枚

微风细雨，椰林青青，
椰林中响着叮咚的木铃；
闪出个骑牛的婆婆，
后面跟着社里的牛群。

她披着椰片的蓑衣，
头戴斗笠，高高的帽顶，
胸前挂一串长春花，
像一条火红的丝巾。

口唱山歌，白鸟和鸣，
风声雨声，顿时寂静。
她虽然年纪老了，
却有一颗牧童的心！

选自《诗刊》1958 年 5 月号

细流弯弯

魏巍

我站在大坝上，
望着这座山谷。

在眼前，
细流弯弯，
汇成了碧水一湖。

回想当年，
我也战斗在山谷。

山谷呵，
在荒草小路上，
我也曾为你祝福。

有时节，
山风呜呜，
风音里我听见了火车响。

深夜里，
那山林激昂的音节，
我当是汽笛纷繁的欢呼。

至于这细蛇一般的山溪，

对我们当兵人，

自然是恩情无数。

可笑我——，

我呀我没想到，

你变成大地的明珠。

听人讲，

湖畔上，

还要种上更多的桃李树。

听人讲，

红叶飘落时，

还要有数百架葡萄，

贴着山膀儿成熟。

听人讲，

夏景天，

山间老人，

将初次看见轻舟摇渡。

听人讲，

到来年，

鲜鱼的香味，

将飘满山村的小屋。

湖水呵，不久后，
五彩电灯，
定会挂上香幽幽的核桃树。

到那时，
你们平川人，
谁不爱我们的山谷！

我站在大坝上，
望着这细流弯弯，
也望见它的来路和去路；

人民呵，
你正像这朴素的细流，
党的手，
使你汇成了碧水一湖！

　　1958 年 4 月 12 日记游青龙泉红领巾水库

　　选自《人民文学》1958 年 6 月号，1958 年 6 月 8 日

早晨

　　——在露台上

痖弦

在早晨

当地球使一朵中国菊

看见一片美洲的天空

我乃忆起

　　昨天。昨天我用过的那个名字

穿过甬道的紫褐色

有人在番石榴树上

晒他们草一般

　　湿濡的灵魂

而邻居的老唱机的磨坊

　　（奥芬·巴哈赶着驴子）

也开始磨那些陈年的瞿麦

这样我便忆起

昨天的昨天的昨天

我用过的那个名字

面向着海。坐在露台上。穿着丝绒睡衣

把你给我的爱情像秋扇似的折叠起来

且企图使自己返回到

银匙柄上的花式底

那么一种古典

而这是早晨

当地球使一片美洲的天空

看见一朵小小的中国菊

读着从省城送来的新闻纸

顿觉上帝好久没有到过这里了

1958 年 6 月 21 日

选自刘登翰选编《台湾现代诗选》，春风文艺出版社 1987 年 8 月版

招魂的短笛

余光中

魂兮归来，母亲啊，东方不可以久留，

　　诞生台风的热带海，

　　七月的北太平洋气压很低。

魂兮归来，母亲啊，南方不可以久留，

　　太阳火车的单行道，

　　七月的赤道炙行人的脚心。

魂兮归来，母亲啊，北方不可以久留。

　　驯鹿的白色王国，

　　七月里没有安息夜，只有白昼。

魂兮归来，母亲啊，异国不可以久留。

小小的骨灰匣梦寐在落地窗畔，

伴着你手栽的小植物们。

归来啊，母亲，来守你火后的小城。

春天来时，我将踏湿冷的清明路，

葬你于故乡的一个小坟，

葬你于江南，江南的一个小镇。

垂柳的垂发直垂到你的坟上，

等春天来时，你要做一个女孩子的梦，

　　梦见你的母亲。

而清明的路上，母亲啊，我的足印将深深，

柳树的长发上滴着雨，母亲啊，滴着我的回忆，

魂兮归来，母亲啊，来守这四方的空城。

写于 1958 年 7 月 1 日晚

选自流沙河编著《台湾诗人十二家》，重庆出版社 1983 年 8 月版

巴黎

痖弦

奈带奈霭，关于床我将对你说什么呢？

——A. 纪德

你唇间软软的丝绒鞋

践踏过我的眼睛。在黄昏，黄昏六点钟

当一颗陨星把我击昏，巴黎便进入

一个猥琐的属于床笫的年代

在晚报与星空之间

有人溅血在草上

在屋顶与露水之间

迷迭香于子宫中开放

你是一个谷

你是一朵看起来很好的山花

你是一枚馅饼，颤抖于病鼠色

胆小而窒窄的偷嚼间

一茎草能负载多少真理？上帝

当眼睛习惯于午夜的罂粟

以及鞋底的丝质的天空；当血管如菟丝子

从你膝间向南方缠绕

去年的雪可曾记得那些粗暴的脚印？上帝

当一个婴儿用渺茫的凄啼诅咒脐带

当明年他蒙着脸穿过圣母院

向那并不给他什么的，猥琐的，床笫的年代

你是一条河

你是一茎草

你是任何脚印都不记得的，去年的雪
你是芬芳，芬芳的鞋子

在塞纳河与推理之间
谁在选择死亡
在绝望与巴黎之间
惟铁塔支持天堂

1958 年 7 月 3 日

选自张汉良、张默等编《中国当代十大诗人选集》，源成文化图书供应社
1979 年版

我是一个装卸工

黄声孝

我是一个装卸工，
威镇长江显本领。
左手抓来上海市，
右手送走重庆城。

我是一个装卸工，
劳动干劲顶破天。
太阳装了千千万，
月亮卸了万万千。

我是一个装卸工，
生产战斗在江中。
钢铁下舱一声吼，
龙王吓倒在水晶宫。

我是一个装卸工，
生产积极打冲锋。
要把英国甩后面，
快装快卸快如风。

选自《诗刊》1958 年 8 月号

雁群

阮章竞

秋末，在乌兰察布草原遇暴风雨。天昏地暗，雨骤风狂。忽见
天际雁群，穿云南征，地上矿车队，破雨南来。

风推乌云如山飞，
黄河碎石满地跑。
地陷、山沉、天要坠，
大雨从天倒下来。

四看无人，黑灰灰，
一天乱云，层层堆。

牧马呜呜出草丛，

正是叱咤风云的好机会。

北天黑云阵脚乱，

雁群荡荡向南飞。

马达隆隆地哆嗦，

秋末暴雨打春雷：

钢铁元帅的运矿车，

把云撞开，把风碾碎，

十月草原的暴风雨，

急急下令扭头退。

1958 年秋末

选自《人民文学》1959 年 4 月号，1959 年 4 月 8 日

芝加哥

余光中

新大陆的大蜘蛛雄踞在

密网的中央，吞食着天文数字的小昆虫，

且消化之以它的毒液。

而我扑进去，我落入网里——

一只来自亚热带的

难以消化的

金甲虫。

文明的兽群，摩天大厦们压我
以立体的冷淡，以阴险的几何图形
压我，以数字后面的许多零
压我，压我，但压不断
飘逸于异乡人的灰目中的
　　　西望的地平线。

迷路于钢的大峡谷中，日落得更早——
（他要赴南中国海黎明的野宴）
钟楼的指挥杖挑起了黄昏的序曲，
幽渺地，自蓝得伤心的密歇根湖底。

爵士乐拂来时，街灯簇簇地开了。
色斯风打着滚，疯狂的世纪病发了——
罪恶在成熟，夜总会里有蛇和夏娃，
而黑人猫叫着，将上帝溺死在杯里。

而历史的禁地，严肃的艺术馆前，
巨壁上的波斯人在守夜
盲目的石狮子在守夜，
褴褛的时代逡巡着，不敢踏上它
高高的石级。
而十九世纪在醒着，文艺复兴在醒着，
德拉克鲁瓦在醒着，罗丹在醒着，

许多灵魂在失眠着，耳语着，听着，

听着——

门外，二十世纪崩溃的喧嚣。

1958 年 10 月 25 日

选自刘登翰选编《台湾现代诗选》，春风文艺出版社 1987 年 8 月版

新大陆之晨

余光中

零度。七点半。古中国之梦死在

新大陆的席梦思上。

摄氏表的静脉里，

一九五八年的血液将流尽。

风，起自格陵兰岛上，

以溜冰者的来势，滑下了

五大湖的玻璃平原。

不久我们将收到，自这些信差的袋里，

爱斯基摩人寄来的许多

圣诞卡片。

早安，忧郁。早安，寂寞。

早安，第三期的怀乡病！

早安，夫人们，早安！

烤面包，冰牛奶，咖啡和生菜

在早餐桌上等我们去争吵，

去想念燧人氏，以及豆浆与油条。

然后去陌生的报上寻吾害的消息。

然后去信箱里寻希望的尸体。

然后去林荫道上招呼小松鼠们。

然后走进拥护的课堂，在高鼻子与高鼻子，

在金发与金发，在 Hello 与 Good morning 之间，

坐下。

坐下，且向冷如密歇根湖的碧瞳

                                碧瞳

与碧瞳，照出五陵少年的影子，

照出自北回归线移植来的相思树的影子。

然后踏着艺术馆后犹青的芳草地

（它不认识牛希济），

穿过爱奥河畔的柳荫

（它不认识桓温），

向另一座摩天楼

（它不认识王粲）。

当千里目被困于地平线，我说：

"虽信美而非吾土兮，

曾何足以少留！"

火车来自芝加哥，

驰向太平洋的蓝岸。

汽笛的长嘶，使我的思想出轨——

我在想，一九五九年的初秋，

旧金山的海湾里，

有一只铁锚将为我升起，

当它再潜水时，它会看见

基隆港里的中国鱼。

而此刻，七点半，零度。

摄氏表的静脉里，

一九五八的血液还没有流尽。

早安，忧郁！早安，寂寞！

早安，第三期的怀乡病！

早安，黑眼圈的夫人们，早安，早安！

写于 1958 年 11 月 5 日

选自流沙河编著《台湾诗人十二家》，重庆出版社 1983 年 8 月版

芝加哥

痖弦

铁肩的都市

他们告诉我你是淫邪的

——C. 桑德堡

在芝加哥我们将用按钮恋爱

乘机器鸟踏青
自广告牌上采雏菊，在铁路桥下
铺设凄凉的文化

从七号街往南
我知道有一则方程式藏在你发间
出租汽车捕获上帝的星光
张开双臂呼吸数学的芬芳

当秋天所有的美丽被电解
煤油与你的放荡紧紧胶着
我的心遂还原为
鼓风炉中的一支哀歌

有时候在黄昏
胆小的天使扑翅逡巡
但他们的嫩手终为电缆折断
在烟囱与烟囱之间

犹在中国的芙蓉花外
独个儿吹着口哨，打着领带
一边想着我的老家乡
该有只狐立在草坡上

于是那夜你便是我的
恰如一只昏眩于煤屑中的蝴蝶

是的，在芝加哥

唯蝴蝶不是钢铁

而当汽笛响着狼狈的腔儿

在公园的人造松下

是谁的丝绒披肩

拯救了这粗糙的，不识字的城市……

在芝加哥我们将用按钮写诗

乘机器鸟看云

自广告牌上刈燕麦，但要想铺设可笑的文化

那得到凄凉的铁路桥下

　　　1958 年 12 月 16 日

　　　选自刘登翰选编《台湾现代诗选》，春风文艺出版社 1987 年 8 月版

黑衣人

杨牧

飘来，飘去。在我眼睫之间

小立门外，忆忆涛声

黑衣人是云啊！暴雨之前

我把挂在窗前的雨景取下

把苍老的梧桐影取下

把你取下

写于 1958 年

选自刘登翰选编《台湾现代诗选》，春风文艺出版社 1987 年 8 月版

因海之死

辛郁

你问我为何收拾帆缆
而且投出重磅的铅垂
以一丝哀悼的灰线系着

你不看见吗
我在以云的卷毛
制就我的猎装

是的，南极我也想去
而且是那样
以银亮的水手刀
划一幅航图
纵放我飞翔的梦

写于 1958 年

选自刘登翰选编《台湾现代诗选》，春风文艺出版社 1987 年 8 月版

1959年

望金门（二首）

陈残云

望金门

巨炮怒，巨炮响，
巨炮声声震海洋，
金门岛上山崩裂，
金门岛上暗无光。

蒋军好比沟中鼠，
日里躲，夜里藏；
蒋军好比笼中鸟，
插上双翼难飞翔。

不能飞，不能藏，
一条出路放下枪，
放下枪来手拉手，
同心对付美国狼！

阵地花园

神炮手，人人赞，
既英武，又乐观，

不打炮时把花栽，
阵地变作小花园。

海风吹，太阳暖，
花儿开得红灿灿，
阵地开花花更美，
花前发炮炮更准。

选自《人民文学》1959 年 2 月号，1959 年 2 月 8 日

关于海哟

张默

圆圆的，那些喜爱沐浴的婴孩
拨开宇宙的光，连同一些云雾
连同一些滔滔声
连同一些弯一些弯

这初生的逸乐的刚刚见过世面的
关于海哟

那里来，怎样形成
她的眼中的世界
一粒檐滴，半撮流水
它们缓缓萌芽，苗壮而且汇合

也许在一个山涧里

赤裸着的少女的足趾上

那里也是宇宙

她洗濯而且摆动

似风，似舞蹈，似踱着方步的云

这茫茫的飞跃的胸襟充满无限希望的

关于海哟

从落脚的一天起

渐渐变了样，这些伟大的藻类

它们刺戟着她的心

广博如世界的心

而且任其繁荣，任其喧嚣

任其向上，任其连绵

世界没有路，这里有路

一切是指向罗马的

小心它要发威了

小心它要淹没了

这沉潜如哲人的，我们的

关于海哟

原载《创世纪》第 11 期，1959 年 4 月。选自痖弦等编著《创世纪诗选》，
尔雅出版社 1984 年 9 月版

呼吸的需要

余光中

因我也是一棵
乡土观念很重的
双叶科的被子植物，
且有一定的花季。
常想自杀
在下午与夜的
可疑地带。

而我曾死过
不止一次。
因此，在死的背景上画生命，
更具浮雕的美了。

因此，我是如此的
想把握这世界，
而伸出许多手指来抓住泥土，
张开许多肺叶来深呼吸
早春的，处女空气。

原载《创世纪》第 11 期，1959 年 4 月。选自痖弦等编著《创世纪诗选》，尔雅出版社 1984 年 9 月版

流沙河之歌（节选）

康朗英

听吧，乡亲们，

我的歌是一首真实的歌：

我要唱流沙河的过去和现在，

我要唱往日的苦难和今朝的欢乐。

第一章

在弟密牙①地方，

在古老的年代里，

有两个魔鬼，

他俩是一对夫妻。

他们到处猖狂，

他们到处吃人，

白骨堆满大地，

鲜血染红树叶。

有一个勇敢的青年，

名字叫做召底米②，

---

①弟密牙：即现在勐遮、景真地方。
②召底米：傣族传说中的英雄。

他痛恨魔鬼的残忍，

他同情受难的百姓；

他挂上发亮的宝刀，

带着巨弓神箭，

来到弟密牙地方，

要给人类解除灾难。

魔鬼张开血嘴，

凶恶地向他扑来：

"几天没吃人啦，

小伙子，正好拿你充饥！"

召底米毫不害怕，

他挺起胸腔回答：

"我的身上有福①，

手里还有宝刀！"

"弟密牙是我的天下，

地上的生命都是我的食粮，

我的本领有天高，

你逃不出我的手掌。"

两个魔鬼舞动利爪，

扑到召底米面前，

召底米拔出宝刀；

像天空打起闪电。

——————————

　①傣族信仰佛教，认为有福的人，鬼不能挨近、不能伤害。

魔鬼看见发亮的宝刀，

不敢和召底米应战；

赶快跳上青天，

离地面有五万万里远。

召底米扯起巨弓，

当的发出一支神箭。

召底米的神箭从不虚发，

一箭把两个魔鬼的胸膛射穿。

召底米为百姓除了大害，

魔鬼从天上掉了下来；

一个魔鬼落在景真，

平地耸起了一座大山，

一个魔鬼落在大湖里，

从此湖水发臭生蛆。

这时帕召古达玛①来到弟密牙，

闻到一股臭气；

帕召古达玛举起他的手杖，

在湖岸上撬开一个大口，

满湖臭水从湖里流出，

流呵，流呵，年长月久，

变成了这条流沙河。

_____

①帕召古达玛：即佛祖。

因为河水染有魔鬼的凶气，
因为河底是稀松的黄沙；
河水流到哪里，
就把哪里的土地冲垮。

河水流过森林，
河水流过峡谷；
河水流到哪里，
就给哪里带来灾难。

第二章

一

流沙河翻翻滚滚，
穿过宽阔的田野；
流沙河翻翻滚滚，
闯遍勐海坝子，
河水流入汹涌的澜沧江，
勐海坝子却像一口 ，
没油的干锅。

土地没有水，
包谷长不高；
土地没有水，
谷粒不会饱；

因为没有水，

坝子里长满了茅草。

婴儿缺乳不能活；

干渴的土地要水喝；

流沙河里有用不完的水呵，

我们的庄稼却干得要起火。

我们的祖祖辈辈呵，

梦想修一个水坝；

为了降服这魔鬼的河流，

曾与河水进行过千百次搏斗。

这里面有千条泪水汇成的，

这里面有千万首难忘的歌！

缅桂花一般香的人啊，

请听，我还要继续往下唱歌。

二

在很久很久以前，

有一位波玉万老人，

他决心要治服洪水，

他用尽吃奶的力气，

砍了几百根坚硬的粟树，

收尽了森林里的藤条，

用血和汗造了一张水车，

"要让宽阔的田野，

喝饱流沙河水！"

他带着乡亲们的希望，

选择了一个吉祥的时辰，

把水车安装在流沙河旁，

水车哗啦啦刚转了几转，

架上的木槽就被波浪打翻；

波玉万想救出几根木桩，

但水车早被波浪卷走。

老人满脸的失望，

默默地离开河岸。

水车灌田的希望，

被泪水浇熄了，

农民们没有别的办法，

只得把丰收寄托给青天；

不是双手合掌念经，

就是到佛寺谈佛升和尚。

青天没有良心，

对穷人一点不可怜，

七月八月都不落雨，

我们九月才能播种，

这时候，寒雾已经下降

十月才能栽秧。

谷子怎能生长？

整个坝子的秧苗，

像头发一样细，

像蜡一样黄。

牛群看见了，

以为是干草，

闯进田里去吃"草"，

闯进田里去睡觉。

三

乡亲们啊，

这都是真实的话，

在那痛苦的年代，

能按节令播种的，

十年没有一年。

勤劳的祖先流尽血汗，

得不到一滴水浇田。

流沙河年年流入大江，

两岸良田眼巴巴地盼望，

就像站在篱笆外边的牛，

吃不上地里的绿秧。

那年代就是有一两滴雨水，

也都被领主全部封锁，

农民们苦苦地求情，

也动不了他那铁锅底似的心。

那时候，

在所有的财产中，

最宝贵的就是水。

为了水，

发生过几千次吵架，

亲兄亲弟也闹着要分家；

为了水，

发生了几千次残杀，

农民常被领主打……

四

到关门节①的九月天，

天像通了洞，

天天下大雨，

洪水流向流沙河。

就像洗脸的瓷盆，

勐海坝子盛满了水；

大佛寺被淹没了，

高高的白塔只露个尖顶；

鱼在竹楼里游来游去，

虾子、螃蟹跑到佛寺睡觉……

洪水退了，

————————

①关门节：是傣族泼水节、开门节、关门节三个节日之一，傣历在九月，阳历约在八月。

种下的谷子一株不见，

田野堆满黄沙杂草。

啊，过去的农民，

真是多灾多难；

他们的眼泪掉在河里，

跟着河水永远流不完；

他们的痛苦放在船上，

最大的船也要压沉；

他们的灾难汇合在一处，

像边疆万重高山！

选自《人民文学》1959 年 5 月号，1959 年 5 月 8 日

菜花十里香

刘文玉

为送计划赶路忙，

踏着白雪走山岗，

过了八盘岭，

到了新集庄，

白茫茫的大雪，

四野空荡荡！

东北雪天遇三九，

哈气都上冻，

头发都结霜，
吐口唾沫成立钉，
风刮雪花成山梁！
新集园田设在哪？
怎能找得上？

大雪白茫茫，
雪地脚印两行行，
是谁才走过？
脚印未被雪盖上！
顺着脚印走下去，
一定能找到人住场！

过小桥，拐山梁，
山外听见雄鸡叫，
山里闻到菜花香，
十冬腊月扬烟雪，
哪来的菜花十里香？

啊，一排土烟囱，
下边一片片玻璃窗，
叩问一声新集镇？
声音颤抖手发凉！
应声起，笑声扬，
呀！开门处，
好春光，

一群姑娘摘瓜忙!

拂去身上雪,
刹时全身扑花香,
黄瓜结满架,
窝瓜爬上墙,
西红柿照红了脸,
瓜蔓拉住我衣裳……

问声哪位是李主任,
有新图纸送你庄,
姑娘笑说交给我,
感谢县里雪地送太阳!

姑娘接纸低头笑,
收条上签个李玉香!
"啊! 你就是李主任?"
"累了吃根黄瓜解解凉!
新地址, 路也慌,
山山岭岭难为你找上!"

说得小伙子脸发红,
接过黄瓜尝又尝;
白雪压地吃鲜货,
只觉心里清亮亮,
忙说:"爬过山, 过了岗,

爬山过岗也顺当，

顺着你的脚印走，

跟着你的菜花香，

百里路程也不远，

赶走了寒冬找到了好春光！"

一阵笑声冲天起，

眼前荒原变得绿汪汪！

写于 1958 年 12 月 东北

选自《诗刊》1959 年 5 月号，1959 年 5 月 25 日

在鲁迅故乡（三首）

蓝曼

初次问候

压不住心情的激动，

从北京我来到绍兴，

问候鲁迅先生。

我虽初次来到这里，

并不贪赏秀丽的山光水影。

曲巷、青山、碧湖、篷船，

从幼年就深印在心中。

"先生住在何处？"

我问街头玩耍的儿童。

儿童回答异口同声：

"黑漆大门朝南开，

穿过小街再向东！"

我行走匆匆……

先生好像依在窗口，

正把我久等。

乌篷船

从黑夜怀里驶来的乌篷船，

摇啊，摇啊，

摇不醒暗淡的鉴湖。

在鉴湖的梦里，乌篷船

载走了无数的祥林嫂，

载来了眼泪和痛苦！

从朝阳边驶来的乌篷船，

摇啊，摇啊，

摇开鉴湖绿浪的花朵，

船前闪出一条晶亮的路。

姑娘摆桨，小伙子摇橹，

稻米满船歌满湖。

三味书屋

我迈进书屋的门槛，

窗明几又净，

桌上摆着纸墨笔砚。

童年的先生哪里去了？

朗朗的读书声，

仿佛还萦绕在耳边。

亭后的腊梅呵，

你和先生一同度过童年，

他离开这里有多大时间？

微张花瓣对我无声地回答：

"鲁迅先生并未走远，

他就在你的心间！"

　　　　选自《诗刊》1959 年 5 月号，1959 年 5 月 25 日

小舢板儿

臧克家

一只又一只小舢板儿，

像一群白鸥浮在大海上，

碧涛把它们举起又放下，

得意地戏弄着朝霞的红光。

另外一只只小舢板儿，
像一群白鸥卧在沙滩上，
眼看着潮水近了，又远了，
身子依然在原来的地方。

　　1958 年夏于青岛
　　1959 年 5 月在北京定稿
　　选自《诗刊》1959 年 6 月号

雨后

冰心

嫩绿的树梢闪着金光，
广场上成了一片海洋！
水里一群赤脚的孩子，
快乐得好像神仙一样。

小哥哥使劲地踩着水，
　把水花儿溅起多高。
他喊："妹，小心，滑！"
说着自己就滑了一跤！

他拍拍水淋淋的泥裤子，嘴里说：

"糟糕——糟糕!"

而他通红欢喜的脸上,

却发射出兴奋和骄傲。

小妹妹撅着两条短粗的小辫,

  紧紧地跟在这泥裤子后面,

她咬着唇儿

  提着裙儿

    轻轻地小心地跑,

  心里却希望自己

    也摔这么痛快的一跤!

    1959 年 6 月 23 日黄昏

    选自《光明日报》1959 年 6 月 27 日

江南曲（节选）

严阵

月下的练江

月下的练江，一条金练,

白雾里飞出了一队小船,

它像一群低飞的水鸟,

静静地穿过了重叠的茶山。

船夫们用竹篙抵着沙滩，

船篷里的火光一闪一闪，

船夫呵，天色已经这么晚，

为什么还不泊下你的船？

船夫捧起江水洗了洗脸，

抬手指着隐约的远山：

歌声和新茶早把山谷填满，

这么好的月光，我怎肯停船？

船的咿呀声由近而远，

江水静了，船影渐渐不见，

只有那股茶香久久地留在江上，

月下的练江，一条金练。

晚霞

新安江上，闪起金辉，

晚霞和落花追着流水，

下工的钟声随风飘远，

食堂的炊烟渐渐细微。

妈妈放下肩上的锄头，

把带来的野花洒上水，

爸爸拿出雪白的毛巾，

擦洗着满脸的煤灰。

从托儿所回来的孩子，
打扮得像新月一样美，
她那黑色的发辫上，
插着一朵红蔷薇。

妈妈笑了，爸爸笑了，
孩子却在学燕子低飞，
新安江上，闪起金辉，
晚霞和落花追着流水。

蛙声

阵阵蛙声响在村边，
白窗纸上月光洒满，
生产队长睡不着，
他踏着月色来到江边。

月色。蛙声。江潮。
立刻把他带回了十年以前：
那时他作为一个侦察兵，
曾经偷渡长江来到南岸。

咕咕咕，敌人射来了枪弹，
咯咯咯，他学着青蛙叫唤，
狡猾的敌人受了骗，

托着枪慢慢走远；……

蛙声更响了，村庄睡得正甜，

生产队长来到麦田边，

他在月色里微笑着弯下了腰，

把初秀的麦穗托在手掌上细看。

选自《诗刊》1959 年 6 月号

出发

痖弦

我们已经开了船。在黄铜色的

朽或不朽的太阳下，

在根本没有所谓天使的风中，

海，蓝给它自己看。

齿隙间紧咬这

樯缆的影子

到舵尾去看水旋中我们的十七岁。

且步完甲板上叹息的长度；在去日的

她用她的微笑为我铺就的毡上，

坐着，默想一个下午。

在哈瓦那今夜将举行某种暗杀！恫吓在

找寻门牌号码。灰蝠子绕着市政府的后廊飞

钢琴哀丽地旋出一把黑伞。

　（多么可怜！她的睡眠，

　　在菊苣和野山楂之间。）

他们有着比最大集市还拥挤的

　　脸的日子

　　邮差的日子

　　街的日子

　　绝望和绝望和绝望的日子

在那浩大的，终归沉默的泥土的船上

他们喧啩，用失去推理的眼睛的声音

他们握紧自己苎麻质的神经系统，而忘记了剪刀……

他们是

如此恰切地承受了

这个悲剧。

这使我欢愉。

我站在左舷，把领带交给风并且微笑。

　1959 年 7 月

　　选自刘登翰选编《台湾现代诗选》，春风文艺出版社 1987 年 8 月版

我的年轮

余光中

而秋仍熟睡在七月的胎里，
归舟仍梦寐在西雅图的海湾，
美国太太新修过胡子
　　　　　　　　　的芳草地上
仍立着一株挂满牛顿的
苹果树，一株
挂满华盛顿的樱桃。

遂发现自己也立得太久，
也是一株早熟的果树，
而令我负重过量的皆是一些
垂垂欲坠的
丰收的你。

即使在爱奥华的沃土上
也无法觅食一朵
首阳山之薇。我无法作横的移植，
无法连根拔起
自你的睫荫，眼堤。

1959 年 8 月 27 日

选自《文学杂志》第 6 卷第 6 期

唱得长江水倒流

侯名

如今唱歌用箩装，
千箩万箩堆满仓。
别看都是口头语，
撒到田里变米粮。

今年山歌加倍多，
信口唱出一大箩，
今年别留明年唱，
隔年的皇历用不着。

走路要走阳关道，
唱歌要唱四十条，
幸福远景想几遍，
笑到三更睡不着。

种田要用好锄头，
唱歌要选好歌手，
如今歌手人人是，
唱得长江水倒流。

（安徽宿县）

选自《红旗歌谣》，红旗杂志社 1959 年 9 月版

早晨的礼炮

阮章竞

星淡月光残，

天新白云好，

静静的群山初睡醒，

我们这里是清早。

霞光里，百灵鸟群穿梭飞，

晨风中，升起了红旗信号。

银装素裹的草原上，

响起了早晨的礼炮。

向初醒的白云鄂博请安！

向清晨的草原问好！

向骄傲的时代报告：

我们这里是清早！

写于 1957 年 1 月

选自阮章竞编著《迎春桶颂》，人民文学出版社 1959 年 9 月版

一个石匠

楼适夷

在朝鲜战场的前沿，

我们似曾一度相见。
今天却在天安门前，
我又和你重新见面。

那时日夜响着敌炮，
山上石头也被烧焦。
山腹里是成万战士，
用凿子凿石的坑道。

我们在坑道握过手，
你的手硬得像石头。
可是我看你的眼呀，
却笑得多么地温柔。

就是那些石的坑道，
把敌人的魔爪砍掉。
至今中朝两国人民，
永远记着你的功劳。

如今好像把它忘了
你的军装已经脱掉。
变成一个真的石匠，
参加了首都的建造。

在天安门广场两边，
造出两座人民宫殿。

琼楼玉宇屹立人间，
像仙宫在云端出现。

我们站在大圆柱前，
广场中正细雨绵绵，
花岗石铺成的广场，
像烟雾蒙蒙的湖面。

就在广场的角落里，
我忽然地看到了你。
你仍拿着锤头凿子，
轻轻凿着花岗石地。

你坐在潮湿的地上，
雨水打湿你的衣裳。
你好像忘记了一切，
一心要把石面凿光。

我默默地眼望着你，
说不出心里的激动。
无论我到什么地方，
都有你这样的英雄。

你对祖国这样热爱，
用着血肉把它保卫。
然后又以劳动的汗，

把它打扮这样地美。

选自《人民文学》1959 年 10 月号，1959 年 10 月 8 日

风景 No. 1
林亨泰

农作物 的

旁边 还有

农作物 的

旁边 还有

农作物 的

旁边 还有

阳光阳光晒长了耳朵

阳光阳光晒长了脖子

选自《创世纪》第 13 期，1959 年 10 月

风景 No. 2
林亨泰

防风林 的

外边 还有

防风林 的

外边 还有

防风林 的

外边 还有

然而海　以及波的罗列

然而海　以及波的罗列

选自《创世纪》第 13 期，1959 年 10 月

天河的斜度

商禽

在霄里的北北西

羊群是一列默默

是盼望的另一种样子

在另外一种样子里

牧场在天河之东，那时

池塘在心之内里

心在六弦琴肥硕的腰身间

只一夜，天河

将它的斜度

仿佛把宁静弄歪

而把最最主要的

一片叶子，垂向水面

去接那些星

天河垂向水面

星子低低呼唤

无数单纯的肢体

被自己的影子所感动

六弦琴在音波上航行

               草原

在帆缆下浮动

流泪

并作了池塘的姊妹

在高压线与葡萄架之间

天河俯身向他自己

即是我的正东南

被筹范于两列大叶桉

死了的马达声

      发霉了的

叹息是子夜的音爆

我的友人用方糖问路

迷失在屋檐下的森林里

无人知你看她洗头时的茫然

那时，天河是在牧场的底下

无人知我看你晒头时的茫然

后土，去死是多么无聊啊

时间从菜篮中漏失

去成为蜂房

去酿

唯盲人的咀嚼始甜的蜜

自从天河将它的斜度

移置于我平平的额角

在霄里北北之西

有日也有夜

　　夜去了不来

　　日来了不去

三月在两肩晃动

裙裾被凝睇所焚，胴体

溶失于一巷阳光

余下天河的斜度

在空空的杯盏里

原载《创世纪》第 13 期，1959 年 10 月。选自痖弦等编著《创世纪诗选》，尔雅出版社 1984 年 9 月版

女仆和仙女

巴·布林贝赫

我怀着激动的心情，
走进一座毛纺厂宽敞的车间。
身穿绿色衣裳的一位姑娘
敏捷地工作在崭新的纺织机旁。

她那乌黑而又柔和的眼睛
我好像在什么地方曾经见过，
她那洁白而又美丽的面容
我好像在什么时候已经认识。

莫非在"那达慕"大会上见过面？
莫非在那草原上捡粪时作过伴？
莫非在一块争夺过奶皮酥油？
莫非在一起放牧过牛犊羊羔？

童年的生活一时涌上我的心头，
家乡的亲朋立即映入我的眼帘。
忽然间记起那沉重的往事，
仿佛又听到一位姑娘在悲唱：

"转呵，转呵，转不停的纺线锤，

哪年哪月呵，才能摆脱这催命鬼？
纺呵，纺呵，纺不完的无情绳，
何日何时呵，才能斩断这阎王索？"

当我给别人放牧牛犊的时候，
小女仆弟齐克终日地替富翁纺线。
痛苦的生活使她又恨又怨，
忍不住折磨，曾经流着泪这样悲唱。

记起旧日的苦比什么都苦，
想起新生活的甜比什么都甜。
眨眼间我打断回忆重又向她望去，
小女仆呵，如今却变成了仙女！

众人的目光羞得我没能上去问候，
机器的声响惊得我不敢前去握手；
想跟她谈天，又怕耽误她紧张的工作，
我只好激动地站立在车间的一角。

她那脸颊上好像浮起了微微的笑容，
她那明眸里好像投出了柔和的眼光，
是不是在她的心里我也变成了仙童？
好像悠扬的歌声荡漾在我的耳中：

"转呵，转呵，我亲爱的纺织机，
我的心脏啊，永远随着你跳动！

纺呵，纺呵，我珍贵的白玉色绒线，

我的血液呵，终生跟着你循环！"

选自《人民文学》1959 年 11 月号，1959 年 11 月 8 日

望星空（节选）

郭小川

一

今夜呀，

我站在北京的街头上，

向星空瞭望。

明天哟，

一个紧要任务，

又要放在我的双肩上。

我能退缩吗？

只有迈开阔步，

踏万里重洋；

我能叫嚷困难吗？

只有挺直腰身，

承担千斤重量。

心房呵，

不许你这般激荡！……

此刻呵，

最该是我沉着镇定的时光。

而星空，

却是异样地安详。

夜深了，

风息了，

雷雨逃往他乡。

云飞了，

雾散了，

月亮躲在远方。

天海平平，

不起浪，

四围静静，

无声响。

但星空是壮丽的，

雄厚而明朗。

穹窿呵，

深又广，

在那神秘的世界里，

好像竖立着层层神秘的殿堂。

大气呵，

浓又香，

在那奇妙的海洋中，

仿佛流荡着奇妙的酒浆。

星星呀，

亮又亮，

在浩大无比的太空里，

点起万古不灭的盏盏灯光。

银河呀。

长又长，

在没有涯际的宇宙中，

架起没有尽头的桥梁。

呵，星空，

只有你，

称得起万寿无疆！

你看讨多少次：

冰河解冻，

火山喷浆！

你赏过多少回：

白杨吐绿，

柳絮飞霜！

在那遥远的高处，

在那不可思议的地方，

你观尽人间美景，

饱看世界沧桑。

时间对于你，

跟空间一样——

无穷无尽，

浩浩荡荡。

二

呵，

望星空，

我不免感到惆怅。

说什么：

身宽气盛，

年富力强！

怎比得：

你那根深蒂固，

源远流长！

说什么：

情豪志大，

心高胆壮！

怎比得：

你那阔大胸襟，

无限容量！

我爱人间，

我在人间生长，

但比起你来，

人间还远不辉煌。

走千山，

涉万水，

登不上你的殿堂。

过大海，

越重洋，

饮不到你的酒浆。

千堆火，

万盏灯，

不如一颗小小星光亮。

千条路，

万座桥，

不如银河一节长。

我游历过半个地球，

从东方到西方。

地球的阔大幅员，

引起我的惊奇和赞赏。

可谁能知道：

宇宙里有多少星星，

是地球的姊妹行！

谁曾晓得：

天空中有多少陆地，

能够充作人类的家乡！

远方的星星呵，

你看得见地球吗？

——一片迷茫！

远方的陆地啊，

你感觉到我们的存在吗？

——怎能想象！

生命是珍贵的，

为了赞颂战斗的人生，

我写下成册的诗章；

可是在人生的路途上，

又有多少机缘，

向星空瞭望！

在人生的行程中，

又有多少个夜晚，

见星空如此安详！

在伟大的宇宙的空间，

人生不过是流星般的闪光。

在无限的时间的河流里，

人生仅仅是微小又微小的波浪。

呵，星空，

我不免感到惆怅

于是我带着惆怅的心情，

走向北京的心脏……

三

忽然之间，

壮丽的星空，

一下子变了模样。

天黑了，

星小了，

高空显得暗淡无光，

云没有来，

风没有刮，

却像有一股阴霾罩天上。

天窄了，

星低了，

星空不再辉煌。

夜没有尽，

月没有升，

太阳也不曾起床。

呵，这突然的变化，

使我感到迷惘，

我不能不带着格外的惊奇，

向四围寻望：

就在我的近边，

在天安门广场，

升起了一座美妙的人民会堂；

就在那会堂的里面，

在宴会厅的杯盏中，

斟满了芬芳的友谊的酒浆；

就在我的两侧，

在长安街上，

挂出了长串的星光；

就在那灯光之下，

在北京的中心，

架起了一座银河般的桥梁。

这是天上人间吗？
不，人间天上！
这是天堂中的大地吗？
不，大地上的天堂。
真实的世界呵，
一点也不虚妄；
你朴质地描述吧，
不需要作半点夸张！
是谁说的呀——
星空比人间还要辉煌？
是什么人呀——
在星空下感到忧伤？
今夜哟，
最该是我沉着镇定的时光！

是的，
我错了，
我曾是如此地神情激荡！
此刻我才明白：
刚才是我望星空，
而不是星空向我瞭望。
我们生活着，
而没有生命的宇宙，
既不生活也不死亡。

我们思索着，

而不会思索的穹窿，

总是露出呆相。

星空哟，

面对着你，

我有资格挺起胸膛。

     1959 年 11 月 25 日第二次补充检查

     选自《人民文学》1959 年 12 月

山村旅馆

刘章

霜叶红过二月花，

汽车飞进小山洼，

霜叶林里是公社旅馆，

招待员热火火留客住下。

高粱米饭香喷喷，

自产的稻米白花花，

社里自酿的葡萄酒，

还有新水库产的鱼虾。

要吃山味更不难，

猎队常把山鸡打；

吃完饭您先喝杯茶，

野玫瑰茶叶不算差……

到处是公社到处是家，

旅客同志都请住下，

都是为了共产主义忙，

住下，何必先问房价。

　　　　1959 年 11 月 4 日于半壁山公社

　　　　选自《星星》1959 年第 12 期

贝叶：第一叶

羊令野

锁住

我的小千世界之中，有

你，有我。在贝叶之上，

我们是如来的见证。

两颗舍利，植我瞳中之瞳，

映我心中之心，缀于菩提树顶。

一灯。如朝暮星辰随我而往。

随我而往；

三千大千世界载于一叶，

藏于我掌，遂如舍利流转于

你的瞳。

今夜，七级浮屠更玲珑了。
筑饰以发髻之姿，在云中，磬韵
渐杳。惟有耳畔风铃，摇醒
万年战鼓，摇醒赤壁火把。遂
咚咚而鸣，熊熊而燃，夜不再锈。

在你瞳中，夜不再锈。
夜不再锈，在我心中。
一浮屠之玉立。
一贝叶之覆载。
一舍利之圆明。

锁住。我心。
锁住。我瞳。

夜很美。夜不再锈。

写于 1959 年

选自刘登翰选编《台湾现代诗选》，春风文艺出版社 1987 年 8 月版

默想与沉思

张默

是一股风，恋着这世界
恋着这如月光般的
用以形成，用以凝集，用以开启的心

隐隐地，我微觉着
布罗温斯在升高，塞尔脱在茁壮
众多的星子在恋爱

我想着每一株树，每一个母体
每一颗抚触不尽的巨大的数字
在被人拥护着的
在被人思慕着的
那些轻轻浅浅的飞旋

是，或者将是
我愿沉入你的微笑，你的步姿
不知有一种什么样的，细微的力
显示其集蛊惑罗曼智慧于一身
那将是令你永垂不朽的吧

对其生命，对其如新生女孩般的生命

她摇摆，她探索，她惊奇

每一本来平淡但却光辉的事物

每一本来无知但却喜爱的事物

每一本来异样但却多姿的事物

她想，总是在想，深深地想

古中国的博大，历史的艰深

思想如巨人们屹立

所以宁宁静静，这一世界

如月光般的，以至哲人

是，或者将是

令我亟需追逐无限默想的未来

写于 1959 年

选自刘登翰选编《台湾现代诗选》，春风文艺出版社 1987 年 8 月版

当红军的哥哥回来了

（《杨高传》第二部节选）

李季

一　战太行

鼓板一打开了场，

这本书接续着"五月端阳"。

上回唱到一九三七年，

小杨高为抗战上了前方。

冰天雪地太行山，
战马鸣歌声起红旗飘扬。
八路军是人民的子弟兵，
见敌人就像是饿虎扑羊。

平型关前头一仗，
立奇功传捷报威名四扬。
旗开得胜大进军，
八路军挺进到敌人后方。

杨高当了侦察员，
入虎穴闯敌阵昼夜奔忙。
响堂铺战斗打响时，
小杨高火线上受了重伤。

伤好二次上前线，
带领着侦察排猛虎一样。
单身闯进敌碉堡，
听见了杨排长鬼子叫娘。

一九四〇年八月间，
八路军展开了百团大战。
各路大军总进攻，
破铁路炸碉堡攻夺据点。

关家垴前歼灭战，
小杨高持刺刀勇猛向前。
来回冲杀四五次，
直到把鬼子兵全消灭完。

这一次战斗又受伤，
右手上留下了光荣纪念。
胳膊僵直成残废，
一只手再不能重上前线。

同志们劝他留后方，
在医院当　个管理员。
三边人都是硬性子，
"就是死我也要死在前线！"

一九四一年寒冬天，
有一只过路部队经过村边。
休息过后部队走，
全村里找不见杨高的面。

黄烟洞保卫战打开了，
一个班守悬崖血战三天。
全班共有十二人，
十二个全都是共产党员。

几百敌人来进攻，

十二人直打了三天三晚。

千百次冲锋都打退，

二百多鬼子兵死在悬崖边。

一班人只留他一个，

他身上也中了几颗子弹。

一个人抵挡几百人，

一股劲用左手投手榴弹。

直到援军开来时，

才把他救下来送进医院。

流血过多杀红了眼，

几个人拉着他才下火线。

医生一看是杨高，

护士们把脸儿背向一边；

黄河还有断流时，

人怎能赛石块比钢还坚！

这以后再没有见过他，

听说是党决定要他复员。

从医院跑到团部里，

找到了团长和政治委员。

"不到抗战胜利时，

再怎么我也不离开前线！
只要能跟着部队走，
炊事员、饲养员我都愿干。"

团长政委不忍心，
把这个好战士调离前线。
两人心里都爱他，
同意了从医院调他回团。

骏马生来爱草原，
小杨高随部队转战冀南。
到了冀南音信断，
不知道的事情我不敢瞎编。

且不说杨高在前线，
回转来唱一唱陕北三边。
这本书有两根线，
一根在前线上一在三边。

说了这头撂那头，
说前线就不能再说三边。
两脚走路有先后，
总得有一个后一个在前。

哪里断了哪里接，
重打鼓另敲锣再唱三边，

转身来到青杨畔，

母女俩盼杨高望穿两眼。

……

十四　当红军的哥哥回来了

不唱妹妹领棉花，

这一回唱一唱三边风光。

这本书说的三边事，

该讲讲三边是什么地方。

人说三边风沙大，

终日里雾沉沉不见太阳。

这话是真也是假，

没风时沙漠风光赛过天堂。

平展展的黄沙似海浪，

绿油油的草滩雪白的羊。

蓝蓝的天上飘白云，

大路上谁在把小曲儿唱：

　　鸡娃子叫唤狗娃子咬，

　　当红军的哥哥回来了。

　　山羊绵羊五花羊，

哥哥又回到本地方。

千里的黄河连山川，
好地方还数咱老三边。

亲不过爹娘一片心，
三边是咱的命根根。

八年抗战不离枪，
千里路上想姑娘。

好妹妹想我恨天长，
我想妹妹插翅膀。……

下了沙梁进草滩，
一片绿海望不到边。
草滩上骆驼成对对，
对对儿骆驼对对儿船。

风吹草低驼铃响，
千万只小船飘在绿海上。
有一个年轻人走过来，
一边走一边把小曲儿唱。

一队脚户赶上来，
又是说又是笑闹声嚷嚷。

青年人和脚户拉起话，
同走路同说话同把曲唱。

"同志你从哪里来？
是工作还是为回家探亲？"
"不是工作不探家，
从前方回来的复员军人。"

"看你的年纪不算大，
你到前方几年啦？"
"'七七事变'上前方，
整整的打了八年仗。"

"这真是隔着门缝看扁人，
没想到你还是个老红军。
你的腿脚像是受过伤，
空牲口你快来骑上一阵。"

三十里草地二十里沙，
眼看着运盐队走远啦。
听不见说笑听歌声：——
"当红军的哥哥回来啦！"
……

选自李季著《当红军的哥哥回来了》，作家出版社 1959 年版

1960^年

阿富罗底之死

纪弦

把希腊女神 Aphrodite 塞进一具杀牛机器里去
　　切成
　　块状

把那些"美"的要素
抽出来
制成标本；然后
　　　　　　一小瓶
　　　　　　一小瓶
分门分类地陈列在古物博览会里，以供民众观赏
并且受一种教育

这就是二十世纪：我们的

　　写于 1960 年 5 月 29 日

　　选自《创世纪》第 15 期，1960 年 5 月 29 日

石室之死亡（节选）

洛夫

一

只偶然昂首向邻居的甬道，我便怔住
在清晨，那人以裸体去背叛死
任一条黑色支流咆哮横过他的脉管
我便怔住，我以目光扫过那座石壁
上面既凿成两道血槽

我的面容展开如一株树，树在火中成长
一切静止，唯眸子在眼睑后面移动
移向许多人都怕谈及的方向
而我确是那株被锯断的苦梨
在年轮上，你仍可听清楚风声，蝉声

二

凡是敲门的，铜环仍应以昔日的煊耀
弟兄们俱将来到，俱将共饮我满额的急躁
他们的饥渴犹如室内一盆素花
当我微微启开双眼，便有金属声
叮当自壁间，坠落在客人们的餐盘上

其后就是一个下午的激辩，诸般不洁的显示

语言只是一堆未曾洗涤的衣裳

遂被伤害，他们如一群寻不到恒久居处的兽

设使树的侧影被阳光劈开

其高度便予我以面临日暮时的冷肃

三

宛如树根之不依靠谁的旨意

而奋力托起满山的深沉

宛如野生草莓不讲究优生的婚媾

让子女们走遍了沼泽

我乃在奴仆的呵责下完成了许多早晨

在岩石上种植葡萄的人啦，太阳俯首向你

当我的臂伸向内层，紧握跃动的根须

我就如此乐意在你的血中溺死

为你果实的表皮，为你茎干的服饰

我卑微亦如死囚背上的号码

四

喜悦，总像某一个人的名字

重量隐伏其间，在不可触知的边缘

谷物们在私婚的胚胎中制造危机

他们说，我那以舌头舐尝的姿态
便足以使亚马逊河所有的红鱼如痴如魅

于是每种变化都可预测
都可找出一个名字被戏弄后的指痕
都有一些习俗如步声隐去
倘若你只想笑而笑得并不单纯
我便把所有的歌曲杀死，连喜悦在内

五

火柴以爆燃之姿拥抱整个世界
焚城之前，一个暴徒在欢呼中诞生
雪季已至，向日葵扭转脖子寻太阳的回声
我再度看到，长廊的阴暗从门缝闪进
去追杀那盆炉火

光在中央，蝙蝠将路灯吃了一层又一层
我们确为那间白白空下的房子伤透了心
某些衣裳发亮，某些脸在里面腐烂
那么多咳嗽，那么多枯干的手掌
握不住一点暖意

六

如果骇怕我的清醒

请把窗子开向那些或将死去的城市

不必再在我的短髭里去翻拨那句话

它已亡故

你的眼睛即是葬地

有人试图在我额上吸取初霁的晴光

且又把我当作冰崖猛力敲碎

壁炉旁，我看着自己化为一瓢冷水

      一面微笑

      一面流进你的脊骨，你的血液……

七

凡容器都已备妥，只等你一声轻嘘

果汁便从我的双目中滔滔而下

种过几个春天？又收获几个秋日？

穿过祭神的面具，有人从醉了的灰烬中跃起

跳进墨西哥人的鼓声

早年有过期许，当我是你农场的一棵橘

俯身就我，以拱形门一般的和善

栽培我以坚实的力，阳光与禽啄的喧闹

如果我有仙人掌的固执，而且死去

旅人遂将我的衣角割下，去掩盖另一粒种子

八

他的声音如雪，冷得没有一点含义
面色如秋扇，折进去整个夏日的风暴
某些事物猥亵得可爱，颜色即是如此
只要涂抹在某一个暗示上
他便拿去挥霍，他从黑胡同中回来

有时也有音响，四只眼球纠缠而且磨擦
黏腻的流质，流自一朵罂粟猛然的开放
裸妇们也在谈论战争，甚至要发现
肢体究竟在哪个厢房中叫喊
口渴如泥，他是一截刚栽的断柯

九

从夹竹桃与凤尾草病了的下午走出
从盲者的眼眶中走出
如此不安，那个不喜欢虹的汉子
将自己的宁静弄得如此潮湿
步度如此急促

由墓前匆匆走过，未死者的神采走过
月光藏在衣袖里，他抓一把花香使劲搓着
连同新土一并塞入那空了的酒瓶

不顾碑石上的姓氏狠狠瞪他

躺在这里的不是醉汉，亦非醒着

十

锦匣里盛着手镯和指甲之类的东西

没有标记也不知属于哪个躯体

对镜时，我以上唇咬住他的下唇

囚他于光，于白昼之深深注视于眼之暗室

在太阳底下我遍植死亡

暴躁亦如十字架上那些铁钉

他顿脚，逼我招认我就是那玩蛇者

逼我把遗言刻在别人的脊梁上

主哦，难道你未曾听见

园子里一棵树的凄厉呼喊

选自《创世纪》第 15 期，1960 年 5 月 29 日

昨夜

白荻

昨夜来去的那一个人，昨夜

述说着秋风的凄苦的

那一个人，昨夜

以水波中的

月光向我

微笑的

那人

以落叶

的脚步走过

我心里的那一个人

昨夜用猫的温暖给我愉快的

那人

唉，昨夜来去的那一个人，昨夜

的云，昨夜来去的那一个人。

选自《创世纪》第 15 期，1960 年 5 月 29 日

坤伶

痖弦

十六岁她的名字便流落在城里

一种凄然的韵律

那杏仁色的双臂应由宦官来守卫

小小的髻儿啊清朝人为她心碎

是玉堂春吧

（夜夜满园子嗑瓜子儿的脸！）

"苦啊……"
双手放在枷里的她

有人说
在佳木斯曾跟一个白俄军官混过

一种凄然的韵律
每个妇人诅咒她在每个城里

      1960 年 8 月 26 日

      选自流沙河编著《台湾诗人十二家》，重庆出版社 1983 年 8 月版

水夫

痖弦

他拉紧盐渍的绳索
他爬上高高的桅杆
到晚上他把他想心事的头
垂在甲板上有月光的地方

而地球是圆的

他妹子从烟花院里老远捎信给他

而他把她的小名连同一朵雏菊刺在臂上

当微雨中风在摇灯塔后边的白杨树

街坊上有支歌是关于他的

而地球是圆的

海呵，这一切对你都是愚行

1960 年 8 月 27 日

选自刘登翰选编《台湾现代诗选》，春风文艺出版社 1987 年 8 月版

五陵少年

余光中

台风季 巴士峡的水族很拥挤

我的血系中有一条黄河的支流

黄河太冷，需要掺大量的酒精

浮动在杯底的是我的家谱

喂！再来杯高粱！

我的怒中有燧人氏，泪中有大禹

我的耳中有涿鹿的鼓声

传说祖父射落了九只太阳

有一位叔叔的名字能吓退单于

听见没有？来一瓶高粱！

千金裘在拍卖行的橱窗里挂着

当掉五花马只剩下关节炎

再没有周末在西门町等我

于是枕头下孵一窝武侠小说

来一瓶高粱哪，店小二！

重伤风能造成英雄的幻觉

当咳嗽从蛙鸣进步到狼嗥

肋骨摇响疯人院的铁栅

一阵龙卷风便自肺中拔起

没关系，我起码再三杯！

末班巴士的幽灵在作祟

雨衣！我的雨衣呢？六席的

榻榻米上，失眠在等我

等我闯六条无灯的街

不要扶，我没醉！

1960 年 10 月

选自刘登翰选编《台湾现代诗选》，春风文艺出版社 1987 年 8 月版

麦坚利堡

罗门

超过伟大的

是人类对伟大已感到茫然

战争坐在此哭谁
它的笑声　曾使七万个灵魂陷落在比睡眠还深的地带

太阳已冷　星月已冷　太平洋的浪被炮火煮开也都冷了
史密斯　威廉斯　烟花节光荣伸不出手来接你们回家
你们的名字运回故乡　比入冬的海水还冷
在死亡的喧噪里 你们的无救 上帝的手呢

血已把伟大的纪念冲洗了出来
战争都哭了　伟大它为什么不笑
十万朵十字花　围成园　排成林　绕成百合的村
在风中不动　在雨里也不动
沉默给马尼拉海湾看　苍白给游客们的照相机看
史密斯　威廉斯　在死亡紊乱的镜面上　我只想知道
　　　　　那里是你们童幼时眼睛常去玩的地方
　　　　　　　那地方藏有春日的录音带与彩色的幻灯片

麦坚利堡　鸟都不叫了　树叶也怕动
凡是声音都会使这里的静默受击出血
空间与空间绝缘　时间逃离钟表
这里比灰暗的天地线还少说话　永恒无声
美丽的无音房　死者的花园　活人的风景区
神来过　敬仰来过　汽车与都市也都来过
而史密斯　威廉斯　你们是不来也不去了

静止如取下摆心的表面　看不清岁月的脸
在日光的夜里　星灭的晚上

你们的盲睛不分季节地睡着
睡醒了一个死不透的世界
睡熟了麦坚利堡绿得格外忧郁的草场

死神将圣品挤满在嘶喊的大理石上
给升满的星条旗看　给不朽看　给云看
麦坚利堡是浪花已塑成碑林的陆上太平洋
一幅悲天泣地的大浮雕　挂入死亡最黑的背景
七万个故事焚毁于白色不安的战栗
史密斯　威廉斯　当落日烧红满野芒果林于昏暮
神都将急急离去　星也落尽
你们是那里也不去了
太平洋阴森的海底是没有门的

　　注：麦坚利堡（ForL Mckinly）是纪念第二次大战期间七万美军在太平洋地区战亡；美国人在马尼拉城郊，以七万座大理石十字架，分别刻着死者的出生地与名字，非常壮观也非常凄惨地排列在空旷的绿坡上，展览着太平洋悲壮的战况，以及人类悲惨的命运。七万个彩色的故事，是被死亡永远埋住了，这个世界在都市喧噪的射程之外，这里的空灵有着伟大与不安的战栗，山林的鸟被吓住都不叫了。静得多么可怕，静得连上帝都感到寂寞不敢留下；马尼拉海湾在远处闪目，芒果林与凤凰木连绵遍野，景色美得太过忧伤。天蓝，旗动，令人肃然起敬；天黑，旗静，周围便黯然无声，被死

亡的感觉重压着……作者本人最近因公赴菲，曾与菲作家施颖洲、亚薇及画家朱一雄家人往游此地，并站在史密斯威廉斯的十字架前拍照。

写于 1960 年 10 月

选自罗门编著《第九日的底流》，蓝星诗社 1963 年版

过客

管管

1

蓓蕾们张着嘴呐喊着。呐喊些什么呢。春住在姊姊的长长辫梢上。
　小燕子找不到现在的门牌。草指甲拧痛了踏青的绣花鞋
一只蝴蝶竟踏着吾的肩走过

2

我在一把扇子里看到你。夜晚。吾用竹子把星子敲下来。就像秋天
　敲树上的柿子。夜。结满了眼睛。青蛙的眼睛，这么热。地球为
　什么不跳下去洗洗澡呢？
那株向日葵的脖子上披着一根虹

　　　　　3

林里。

果子与果子们喧呶着。喧呶着。骂风。骂他不该。真不该。把吾们
　　的小衬裙剪了个缤纷。缤纷。又让一个竖着衣领子的年轻人的鞋
　　子过去
还抽着烟

　　　　　4

吾把春夏秋都收拾收拾放在火盆里烧了。烧一张。吾哭一声。哭一
　　声。吾烧一张。这病。爆竹会对你说话的。吾要骑着驴去挨家挨
　　户报丧了
"暗香浮动月黄昏"

　　　　写于 1960 年 11 月 10 日
　　　　选自洪子诚、程光炜编《中国新诗百年大典》，长江文艺出版社 2013 年 3
月版

金书的传说

张永枚

一匹大红马，
伫立山泉旁，

马侧卧着个游击军，
他的身上负了伤。
山泉啊，跳跃着，
水珠溅到他的大胡子上，
山顶天空飞乌云，
压着他胸膛！

万恶的帝国主义军，
践踏着家乡；
大西洋的海水啊，
血泪四处淌
反抗的战友们，
失散，伤亡！
战斗的旗帜啊，
几时重飘扬？

宁愿站着死，
不能跪着生！
反动派一定要打倒，
祖国一定要解放！
战士坐起望天空：
云更低，日无光，
再战的道路怎开辟？
哪儿是前进的方向？

这时胸口一阵热，

他感到一股力量，

怀里有本金的书，

逃亡的战友寄自远方。

战士打开那金书，

一阵春雷耳边响！

头上乌云风吹散，

前面是万丈光芒！

书上说的是人民，

书上说的是希望，

说的是战斗的长征路，

说的是胜利的方向！

本是中国革命事，

却像发生在身旁。

战士看完一声吼，

纵身跳到马鞍上！

骏马追风跑，

加鞭向前方，

走向群众怀抱里，

走向人民心坎上，

根子扎在万山中，

红旗插在峰顶上！

揩去血迹再前进，

重整旗鼓奔战场！……

战斗的岁月多少年，

战士又回到泉水旁，

他的战友多如云，

他的战旗映太阳，

斗争的旋风遍地刮，

进军的鼓声四方响！

英雄们，泉边饮过马，

杀敌人，飞上战场！

选自《人民文学》1960 年 12 月号，1960 年 12 月 8 日

冰凉的小手

杨牧

就从此，山岳向东方推涌

一浪一浪蔷薇的潮

让我轻握你冰凉的小手

在雨地里，让我轻握你

蔷薇的，冰凉的小手

去年的秋季尚残留在我鬓上

我们曾共有那温暖的流星河

袖上遗着你的指印

让我轻握你两手蔷薇

我是那寒夜的篝火

啊月浅，啊灯深

哪一天你将踏霜寻我

   （一路摘着宿命的红叶）

来我读诗的窗口？

   你沿阶升上

   踩乱我满院瘦瘦的花影

我便是篝火

让青焰弹去你衣上的霜

在这炉边坐下

让我，让我轻握你冰凉的小手

1960 年 12 月

选自刘登翰选编《台湾现代诗选》，春风文艺出版社 1987 年 8 月版

赋格（其三）
   —— 一九六〇

叶维廉

君不见有人为后代子孙

     追寻人类的原身吗？

君不见有人从突降的瀑布

     追寻山石之赋吗？

君不见有人在银枪摇响中

　　　　　　追寻郊褅之礼吗？

对着江枫柳堤与诗魄的风和酒

远远有峭壁的语言，海洋的幽阔

和天空的高深。于是我们忆起：

一个泉源变作池沼

　　或渗入植物

　　或渗入人类

　　不在乎真实

　　不在乎玄默

我们只管走下石阶吧，季候风

不在这秒钟；天灾早已过去

我们来推断一个事故：仙桃与欲望

谁弄坏了天庭的道德，无聊

或谈谈白鼠传奇性的魔力……

　　　　　　究竟在土断川分的

绝崖上，在睥睨梁的石城上

我们就可以了解世界吗？

　　　　　　　　我们游过

千花万树，远水近湾

我们就可以了解世界吗？

　　　　　　　　我们一再经历

四声对仗之巧、平仄音韵之妙

我们就可以了解世界吗？

走上争先恐后的公车，停在街头

左顾右盼，等一只哲理的蝴蝶

等一个无上的先知，等一个英豪

骑马走过——

　　　　　　多少脸孔

　　　　　　多少名字

为群树与建筑所嘲弄

　　　　　　良朋幽邈

　　　　　　搔首延伫

夜洒下一阵爽神的雨

1960 年

选自刘登翰选编《台湾现代诗选》，春风文艺出版社 1987 年版

摩娜·丽莎

张默

想及丽莎，而我们有春天

高高的，缓缓的，迟迟的

那些晴朗和阴雨，那些暗酒色的黄昏

爱慕自意大利的山川来

自雷奥纳的思想中

呵，升起，维纳斯之灵地升起

一些笔触，奇特的笔触

一些默想，长远的默想

自其心中

每一刻微妙的变化，每一个情感的激动

敲着，而且连绵着

世界

　　这个属于想象的世界

应该是一座山，一片湖

而且飘着青丝

而且泛着涟漪

那些一缕缕，一浪浪，一弯弯

　　　　　　波动而又扩散，细致而又宁静

　　　　　　那些不可思议的，那些无法捉摸的

　　　　　　那些她的心中的宇宙

　　　　　　是怎样？

　　　　　　是一窝风，悠悠地来，悠悠地去

　　　　　　在她的眸子里

　　　　　　这些浮泛的山水

　　　　　　这些杂乱的景物

　　　　　　这些古旧的愚笨的

　　　　　　喧嚣而又拥挤不堪的

　　　　　　所以她的眼中是一片永恒的静

　　　　　　静的世界许能酿制一些小小的沉思

　　　　　　所以敲着，也连绵着

迟迟的，缓缓的，高高的

关于丽莎

它是春天，非常之

有艺术的春天

1960 年

选自刘登翰选编《台湾现代诗选》，春风文艺出版社 1987 年 8 月版

1961^年

百舌鸟

纳·赛音朝克图

在明媚太阳的金光下，
在辽阔草原的和风中，
一只善鸣的百舌鸟，
欢快地啼叫飞腾。

　在乳厂挤奶员的身旁，
　在放苏鲁克①的牧民头上，
　在空气清新的早晨，
　它愉悦地歌唱飞翔。

它跳跃于电杆的顶端，
它飞绕于烟囱的周围，
它跟着竞赛的青年，
婉啭的啼鸣盘旋。

　穿过茂密的枝丫，
　越过怒放的花丛，
　充当着欢乐的使者，
　轻快的鸣叫飞行。

在银光闪烁的汽车旁，
在千里碧绿的田野上，
在清波涟漪的水库边，

①苏鲁克：即畜群。

歌鸟在啼唱翱翔。

　　那热情洋溢的劳动，

　　那自由幸福的天空，

　　那北国秀丽的风光，

　　激发了它雄浑的声音。

它为美丽的景象倾心，

它为灿烂的风光激荡，

这只天上美妙的歌鸟，

就像草原的歌手奔忙。

　　它激动着人们的心弦，

　　毫无孤寂地歌唱遨游，

　　这琅琅啼鸣的百舌鸟，

　　是我们广阔草原的歌手。

　　浩海译

　　选自《诗刊》1961 年 5 月号

风起的时候

杨牧

风起的时候

廊下铃铛响着

小黄鹂鸟低飞帘起

你依着栏杆，不再看花，不再看桥

看那西天薄暮的云彩

风起的时候，我将记取

风起的时候，你凝视你草帽下美丽的惊惧

你肩上停着夕照

风沙咬啮我南方人的双唇

你在我波浪的胸怀

我们并立，看暮色自

彼此的肩膀轻轻地落下

轻轻地落下

1961 年 5 月

选自刘登翰选编《台湾现代诗选》，春风文艺出版社 1987 年 8 月版

琵琶行（三首）

傅仇

琵琶行

他种了一棵楠木，

要做一张犁铧；

他种了一个希望，

要采一束楠木花，

犁铧开垦荒山，

好好种点庄稼；
楠木花送给村女，
他要娶她回家。

楠木已经长大，
还不见楠木开花；
一阵风暴刮来，
地主把楠木砍伐！

他抱起倒下的楠木，
泪水里含着火花；
树木要站起来说话，
楠木变成了琵琶。

他怀中抱着琵琶，
跟着飘流的云霞；
游唱千山万岭，
翻山越岭去"采花"。

他采了十二个月，
没有采到一朵花；
还没有走到开花的世界，
被大雪埋在山洼……

有人路过山野，
拾起他的琵琶；

琵琶似一团火，
冰雪也被融化。

他的琵琶飞起来，
响彻万户人家；
年年月月弹唱，
暴风折不断它。

你看每家寨子，
都有他的琵琶；
每个人的手指，
和他的毫不相差。

你看山上的树木，
棵棵都是琵琶；
你看寨上的歌手，
形象多么像他。

他用林海涛声，
歌唱祖国的繁华；
他的歌声已飞进花园，
伴着蜜蜂高唱"采花"。

请你给我一朵花

来到果林深处，
来到枇杷树下；
来向果树辞行，
再弹一曲琵琶。

请你给我一朵花。

弹着琵琶植树；
歌声种在地下；
歌声和你一起，
起来驱逐风沙。

请你给我一朵花。

果树已经长大，
果林已经开花；
来不及等你结果，
姑娘就要出嫁。

请你给我一朵花。

姑娘要去远方，

要去高原安家；
那里有亲爱的人，
那里也有风沙。

请你给我一朵花。

人离你很远很远，
歌声还要留下；
请用枇杷蜜汁，
抚它，爱它，养它。

请你给我一朵花。

人离你很远很远，
只带走一朵花；
把花插在风沙线上，
像你一样结出枇杷。

请你给我一朵花。

云天上琵琶铮铮

峭壁上不见人影，
栈道上不见马群；
云天上琵琶铮铮，

歌手已飞渡阴平①。

两地相思多久，
栈道隔断爱情；
琵琶不能过境，
歌声难寄断肠人。

而今不怕天险，
跟着春风飞行；
琵琶上的丝弦，
道路宽阔坦平。

不用悄悄低吟，
大胆弹出高音；
歌声南来北往，
互相寻找知音。

歌声交融一起，
刀剪难解难分；
三弦化为彩虹，
系着两颗红心。

你谈大江东去，
她唱万里鹏程；

①古地名，现为甘肃文县。

三弦化为飞泉，

向着大海飞奔。

选自《诗刊》1961 年 5 月号

长白山抒情（三首）

芦萍

长白湖

——小天池颂

没有涟漪，

没有涛声，

碧蓝平静的湖面上，

映着山峰林海的倒影。

假如是游人来到湖边，

长白湖就无限多情，

俊俏、清澈、透明，

她像北方少女的眼睛。

夏季穿着浓绿的短衫，

冬天又披上银白的毛巾，

长白湖，那纯朴娴静的个性

陶醉了多少游人的心灵。

岳桦

在高峰上挺拔躯干，
在云端里生长枝丫，
岳桦，你这长白山顶的骄子，
愿在高寒地带生根长大。

清晨，你最先挥手迎接红日，
洁白的身上披着灿烂的朝霞；
傍晚，也许一团团云雾把你迷蒙，
你依然笑语喧哗。

假如是觉得乡土的可贵，
为祖国献出生命的火花，
岳桦，你这高山上的哨兵，
像个北方人闪出纯朴的容华。

奶子河

登白山远望，
群峦中一片森海林波，
奶子山像奶头仰天赤露，
从那里涌出一条奶子河。

像一位山民的妇女，

心神旷怡，胸襟开阔，

奶子河，你长白山上的一条小波，

露着多少欢乐，藏着多少传说。

缠山绕岭的银波多急湍，

奶子河宛如万马跑下坡，

是不是抗联伤员又到了两岸，

急忙为红军战士送奶喝。

我看见几位穿红衣的猎女，

在河畔上洗衣作乐。

要不是传来那宏亮的山歌，

定会把红衣猎女误成野百合。

选自《诗刊》1961 年 6 月号

第九日的底流

罗门

将世界相连推倒在蓝色里

使痛苦的锋芒折断

引起心灵无限宁静的沉醉

序曲

我不安似海的悲多芬，伴第九交响乐长眠地下，我张目活着，美使
　我痛

苦，美失去便是死亡之日，一切皆须转化为美，然后去成为心灵的
　芳邻

当托斯卡尼尼的指挥棍　砍去人世的紊乱

你是驰车　我是路

风景里 我的笑声滚着铁圈

乐圣　我的老管家

你不在时　厅灯入夜仍暗着

　　　　　炉火熄灭　院门深锁

　　　　　心灵中的一切　乱置不定　没有方向

你步返　走入那扇旋开的圆门

寂寞便拭净迷乱的镜面

让宇宙与我又齐装伫立镜中

一切回归完整　单纯与专一

我慈心的乳娘　你透明的七色乳

直使我童时的神采焕发

我生命不死的绿色流动着

年华与季节被系成花束

辽阔的钢琴的海面

一排排弦琴的地平线上

升起的管乐器的灌木林

将世界确立且扩充　我已攀到你投下的绳索

感知生命在高处颤动

挂在岁月橱窗里　如服饰的虚名没有脚

你的手便日夜伸入人体内去组织一切　安排节庆

我的老管家　你脚步声在大厅里响动

如织布机织着四季的衣装　一切都有了美好的穿着

空虚也受孕育物　是树便繁茂成林　是河便汇流成海

每当我昏了头从哲学家们言论的赛马场走出

　被买卖世俗与格言的人群包围

思想的多角镜总显不出路　反照出满天混沌

在人们划着十字之日

谎言仍打着笑张开的小阳伞到处漫游

恭维　势利　心被挖出　人仍活着

仍把名片如倒闭的商号挂在枯树上

我的感觉是被击碎的玻璃板　失去焦点

在昏暗里　你声音的闪星不断照明我生命的死谷

世界便如一双彩色气球　飘回我童时的视境

太阳总是牵着地球在光的圆场散步

困恼也相连在你节奏的齿轮下死去

在你连年织纺着旋律的小阁楼中

那美的摄影场　日子笑如拉卡

我裸露的灵魂便在你声音的感光片上造像

以斯宾诺莎的晚年作背景　以蓝波的眼睛对光

一

钻石针划抽象美的螺旋塔

预防建筑物都将相连死去

螺旋塔浸浴于太阳海 神迹耀目

高远以无限的蓝领引　圣像升起

浑圆与单纯忙于美的造型

透过琉璃的橱窗 景物以良好的品性陈列

当永恒被打碎在都市的廊下

时空的破片以繁复的光袭击米罗的现境

世界便在一面破镜中惊愕自己的失态

而在你音色辉映的塔国里

纯净的时间仍被钟表的双手捏住

万物回到自己的本位　仍以可爱的容貌相视

我的心境美如典雅的台布　置入你的透明

哑不作声地似雪景闪动在冬日的流光里

二

日子以晴天的蓝空呼唤

阳光穿过格子窗响起和音

凝视被望远镜拉入明朗的远景

桑树下仍有人沉思旧事

当桑塔耶那的蓝目爬上教堂的尖顶

一个上升的存在便步入仰视

方向似孩子们的眼神于惊异中集会

礼拜日　人们爱到老牧师那里去替灵魂换上一件净衣

明知在以后六日又轻易弄脏它

而在你第九号庄穆的圆厅内

　　　　一切结构似光的模式，似钟的模式

　　　　我的安息日是软软的海绵垫，绣满月桂花

　　　　将不快的烦躁似血钉取出

　　　　痛苦便在你缠绕的绷带下静息

　　　　三

眼睛被辽远的苍茫射伤

日子仍急以秒速去探望岁月的颜脸

院园仍用溢出墙外的繁茂拦住行人

在暗冬　圣诞红是举向天国的火把

人们在一张卡片上将好的神话保存

那辆遭雪夜追击的猎车

终于碰碎镇上的灯光　遇见安息日

窗门似故事书的封面开着

在你形如教堂的第九号屋里

炉火通燃　内容已烤得甚暖

没有事物再去抄袭河流的急躁

挂满壁上的铁环猎枪与拐杖在你庄严的礼拜中

都齐以平静协和的神色参加合唱

四

常惊遇于走廊的拐角

似灯的风貌向夜　你镇定我的视度

两辆车急从心的交叉巷口相错而过

悸动与庆幸嗫嗫争吵　当我仍活着

当阳光翻过冬的冷街来探视着满园落叶

我亦被日历牌上一个死了很久的日期审视

在昨天与明日的两扇门向两边拉开之际

空阔里　没有手臂不急于种种触及

"现在"仍以它插花似的姿容去更换人们的激赏

而重叠的失落却亦似方砖加高死亡之屋

以甬道的幽静去接露台挨近闹厅

以新娘盈目的满足倾倒在教堂的红毡上

你的乐音在第九日是圣玛丽亚的眼睛

调度人们靠入的步式

五

穿过历史的古堡与玄学的天桥

人是一只迷失于荒林中的瘦鸟

没有绿色住入饥渴的深度

困于迷离的镜房　受光与暗的绞刑

身体急转　无数紊乱的侧影便陷入镜中

片刻正对　如在太阳反射的急潮上立碑

于静与动的两叶黑白封壳之间

人是被钉毙在时间之书里的死蝴蝶

禁黑暗的激流与整冬的苍白于体内

使镜房成为光的坟地　色的死牢

此刻你必须慌急地逃脱那些交错的投影

去卖掉整个工作的上午与下午

然后把头埋在餐盘里去认出你的神

而在那一刹间的回响里　另一双手已触及永恒的前额

六

将白昼改装成夜　镜前的死亡貌似默想的田园

黑暗的方屋里　终日被视不见的光看守

帘幕垂下　睫毛垂下　连颜色亦朗笑出声

圆窗旋开　宽阔里拦阻撤去

一种神秘似光线首次穿过盲睛

远景以建筑的静姿而立　以初遇的眼波流注

以不断的迷住去使一颗心陷入永久的追随

没有事物再会发生悸动　当潮水流过风季

当焚后的废墟上　慰藉自合掌间似鸟飞起

当航程进入第九日　吵闹的故事退回海的背景

世界便展现如英格兰古老的原野

奥古斯丁的圣目是两条通入天国的走廊

在石阶上，仰视走向庄穆

在红毡上　脚步探入稳定

七

吊灯俯视静厅　回音无声

喜动似游步无意踢醒古迹里的飞雀

某些影射常如物象透过镜面方被惊视

在湖里捞塔姿　在光中捕日影

滑过蓝色的音波　风景涂上雪意

收割季前后　希望与果物同是一支火柴燃熄的过程

许多焦虑的头低垂在时间的断柱上

一种刀尖也达不到的剧痛常起自不见血的损伤

当日子流失如孩子们眼中的断筝

　　一个病患者的双手分别去抓住药物与棺木

　　一个囚犯目送另一个囚犯释放出去

那些默喊　厚重如整个童年的忆念

被一个陷入漩涡中的手势托住

在夕阳典丽的仪式里　"最后"它总是序幕般地徐徐落下

八

当绿色自树顶跌碎　春天是一辆失速的滑车

在静止的渊底　影子与影子无语

在眉端发际　季节带着惊慌的声音逃亡

满目阑珊　灵魂结着狼藉的烟草

困一个狩猎季在冬雾打湿的窗内

让一种走动在锯齿间探出血的属性

岁月深处　肠胃仍嘶喊着老站长的旗语

仍不断把行程涂上浓重的死色

探首车外　流失的距离似纺线卷入远景

汽笛就这样弃一条飘巾在站上

让回头人在灯下窥见日子华丽的剪裁与缝合

没有谁不是云　在云底追随飘姿　追随静止

爬塔人已日渐感到顶点倒置的冷意

场散之后　热闹便似坟花在风中落尽

九

我的岛　终日被无声的浪浮雕

以没有语文的原始的深情与山的默想

在明媚的无风季　航程睡在卷发似的折帆里

我的遥望是远海里的海　天外的天

俯视很深　仰观很高

驱万里车在无路的路上　轮辙埋于雪

双手被苍茫拦回胸前如教堂的门合上

我的岛便静度安息日　闲如收割季过后的庄园

在一面镜中　再看不见一城喧闹　一市灯影

星月都已跑累　谁的短靴能踩熄太阳

天地线是永久永久的哑盲了

当晚霞的流光　流不回午前的东方

我的眼睛便昏暗在最后的横木上

听车音走近　车音去远　车音去远

选自《蓝星季刊》第1期（台湾创刊），1961年6月

疏勒河

李瑛

石砾在酷热中炸裂，
骆驼刺垂着眼睛在沉默，
太阳燃烧着戈壁洲，
大戈壁像烘炉下的炭火。

哪里有一滴水，
带给我们一小片梦想？
哪里有一滴水，
作大戈壁跳动的脉搏？

我们的车子在戈壁滩前进，
忽然，你迎我们跑来，疏勒河；
呵，快乐的疏勒河，
一边跑，一边唱歌。

你说：给你们一片风景，
于是我们便得到一片洲泽——
绿的禾苗，黄的牛群，
汲水姑娘的鬓边绽开了红花一朵。

我掬一捧河水一饮而尽，

从水中我看见祁连山头的云朵，

我看见无数生命在成长，

我看见无数眼睛在闪烁……

今晚我将有快乐的梦了，

由于你的滋润，呵，疏勒河！

如果我能找到最美的字眼，

我将全部都献给你呵，疏勒河！

　　　　1961 年 7 月

　　　选自李瑛编著《李瑛诗选》，四川人民出版社 1981 年版

戈壁日出

李瑛

当尖峭的冷风遁去，

荒原便沉淀下茫茫戈壁；

我们在拂晓骑马远行，

多么渴望一点颜色，一点温煦。

忽然地平线上喷出一道云霞，

淡青、橙黄、橘红、绀紫，

像褐色的荒碛滩头，

委弃着一片雉鸡的翎羽。

太阳醒来了——

它双手支撑大地，昂然站起，窥视一眼凝固的大海，

便拉长了我们的影子。

我们匆匆地策马前行，

迎着壮丽的一轮旭日，

哈，仿佛只需再走几步，

就要撞进它的怀里。

忽然，它好像暴怒起来，

一下子从马头前跳上我们的背脊，

接着便抛一把火给冰冷的荒滩，

然后又投出十万金矢……

于是，一片燥热的尘烟，

顿时便从戈壁腾起，

干旱熏烤得人喘马嘶，

几小时我们便经历了四季。

从哪里飞来一片歌声，

雄浑得撼动戈壁——

我们的勘测队员正迎向前来，

在这里，我看见了人民意志的美丽！

1961 年 8 月

选自李瑛编著《李瑛诗选》，四川人民出版社 1981 年版

喧哗的大街

彭邦桢

黄昏的大街，典丽而喧哗

    一个华美的城市在这里深深地陷落

    霓虹灯擎着千支火把，万点星光，且擎着

    一支彩笔，写着这里就是纽约，又是巴黎

    而纽约遥远，纽约在一重摩天楼的上空

    而巴黎缥缈，巴黎亦在一座铁塔的顶上

    且巴黎不种我们这里的凤凰木

    且纽约不种我们这里的木麻黄

而我们这里依旧爱着巴黎的情调

    爱巴黎的时装，笑巴黎的笑，饮巴黎的酒

    且跳纽约式的舞步，且穿纽约式的高跟鞋

    且在长廊上响起一叠回声，一组拍击

    且击溃一个灵魂

    虽在我们的眼波里没有那么一点蓝

    虽在我们的睫毛上没有那么一卷梦

就在这条街上注满一街巴黎的香槟酒

    就在这条街上饮尽一个纽约的春天

    就在这里读波特莱尔的一行惠之华小诗

        就在这里忆起汉明盛这个获诺贝尔奖的名字

我们就走长堤的这条小路

（且选一位中国小姐）

我们且踏死一只法朗士的企鹅

就在这里，就在这里

这里并无一尊自由神像，一重凯旋门

这里只有霓虹灯擎着千支火把、万点星光

且擎着一支金箭射落许多青春、许多红颜

远方的小青蛙在湖上已经咯咯地叫了

远方的猫头鹰在林间看清一个世界

远方的鼹鼠做了一个泥土的安息梦

一个喧哗的大街正在深深地陷落

选自《联合副刊》1961 年 9 月 9 日

凤凰（二首）

巴·布林贝赫

途中

一颗颗水晶的露珠，

清新的碧绿草原；

一道道黄金的阳光，

恬静的晴朗早上。

一个人骑着灰白骏马，

来自草原的西北方，

像是一片白云彩，

从蔚蓝的天边向这儿飞翔。

一个人骑着枣骝快马，

来自草原的东北方，

像是一朵红牡丹，

从碧绿的海面向这儿飘荡。

不前不后，

两个骑马的人恰好碰上；

不近不远，

他们并辔齐驾地边走边讲。

矫健的灰白马，

强劲的四蹄翻腾奔放；

马鞍上的老大爷，

金色的胡子迎风飞扬。

机灵的枣骝马，

警觉的耳朵倾听远方；

马背上的老大娘，

银色的头发风里飘荡。

"我去欣欣向荣的白云鄂博，

把矿上的小伙子们探望；

那里有我的儿子，

他驯服着铁马斗志昂扬。"

"我去灯火辉煌的白云鄂博，

把鲜花怒放的城市观赏；

那里有我的女儿，

她驾驭着铁牛日夜奔忙。"

"驰骋在草原上的马儿，

不论好的坏的我都骑过；

飞驰在绝壁间的铁马，

我可连看也未曾看讨。"

"放牧在草原上的牛儿，

不论公的母的我都喂过；

喷火冒烟的铁牛，

我可连见也未曾见过。"

……

早晨和煦的阳光，

投射在老大爷平展的额上；

春天宜人的柔风，

吹拂在老大娘丰腴的脸上。

一颗颗水晶的露珠，

清新的碧绿草原；

一道道黄金的阳光，

恬静的晴朗早上。

爱之泉

在一块岩石跟前，

喷涌着一股活泉，

它那清澈的流水，

像是鲜奶漾溢在银碗。

你在辉映的晚霞里喷涌，

像把水晶的珠子抛洒。

愿你向着雄伟的白云鄂博呵，

带去小伙子们的心愿！

你在岩石的蔽荫下喷涌，

像把白玉的柱子树建。

愿你向着富饶的矿山呵，

带去姑娘们的爱恋！

你在碧绿的草原上喷涌，

像洁白的哈达飘展。

愿你向着钢铁的城市呵，

带去老人们的祝愿！

这里的蒙古族人民，

对你怀着无上的敬仰，

他们把你闪烁的泉水，

当做慈爱的母亲的乳浆。

今天的白云鄂博呵，

是希望和爱情的摇篮；

愿你带着牧民的心意，

向着白云鄂博倾灌！

1961 年写于白云鄂博

陈乃雄译

选自《诗刊》1961 年第 5 期，1961 年 9 月 10 日

桂林山水歌

贺敬之

云中的神啊，雾中的仙，

神姿仙态桂林的山！

情一样深啊，梦一样美，

如情似梦漓江的水！

水几重啊，山几重？

水绕山环桂林城……

是山城啊，是水城？
都在青山绿水中……

啊！此山此水入胸怀，
此时此身何处来？

……黄河的浪涛塞外的风
此来关山千万重。

马鞍上梦见沙盘上画：
"桂林山水甲天下"……

啊！是梦境啊，是仙境？
此时身在独秀峰！

心是醉啊，还是醒？
水迎山接入画屏！

画中画——漓江照我身千影，
歌中歌——山山应我响回声……

招手相问老人山，
云罩江山几万年？

——伏波山下还珠洞，

宝珠久等叩门声……

鸡笼山一唱屏风开，
绿水白帆红旗来！

大地的愁容春雨洗，
请看穿山明镜里——

啊！桂林的山来漓江的水——
祖国的笑容这样美！

桂林山水入胸襟，
此景此情壮士的心——

是诗情啊，是爱情？
都在漓江春水中！

三花酒掺一份漓江水，
祖国啊，对你的爱情百年醉……

江山多娇人多情，
使我白发永不生！

对此江山人自豪，
使我青春永不老！

七星岩去赴神仙会，
招呼刘三姐啊打从天上回……

人间天上大路开，
要唱新歌随我来！

三姐的山歌十万八千箩，
战士啊，指点江山唱祖国……

红旗万梭织锦绣，
海北天南一望收！

塞外的风沙啊黄河的浪，
春光万里到故乡。

红旗下：少年英雄遍地生——
望不尽：千姿万态"独秀峰"！

——意满怀啊，才满胸，
恰似漓江春水浓！

啊！汗雨挥洒彩笔画——
桂林山水——满天下！……

1959 年 7 月旧稿

1961 年 8 月整理于北戴河

选自《人民文学》1961 年 10 月号，1961 年 10 月 12 日

海螺

汪承栋

我跪着，哭着，
从阿爸手中接过海螺，
——这镜一样光滑、
雪一样洁白的海螺。

阿爸倒在河滩，
鲜血注入小河，
叛匪恶毒的子弹，
已咬住他的心窝。

他深吸最后一口气，
海螺的声音抖震着山河；
螺号声是革命的旋风，
煽起人们杀敌的怒火！

海螺的声音在这里，
匪徒们休想过河！
解放军驰马赶来，
军号和螺号同奏凯歌！

眼看狙击战结束，

阿爸把海螺给我：

"要吹出人民最需要的语言，

鼓舞人们唱前进的歌！"

像"松耳石"挂在耳上，

海螺挂在我胸前，

雪山听着它的呼唤，

森林熟悉它的语言。

呜呜、呜——

牦牛运输队走过山边，

紧跟解放军冲锋的脚印，

成批的物资飞上前沿。

呜呜、呜——

穷乡亲们聚会村前，

倾吐仇恨的烈焰，

烧化农奴制度的冰山！

呜呜、呜——

千百面红旗迎风招展，

欢庆改革胜利的人们，

在自己土地上歌舞春天。

我站在苍劲的雪松下，

海螺声唤出灿烂的朝霞；

互助组员来到田间，
人人含笑像红润的桃花。

割麦的镰刀银光闪，
像一阵骤雨响沙沙，
麦海里飞起丰收歌，
人丛中喧腾着知心话——

"犁田种地白了头发，
哪儿见过今年的好庄稼，
社会主义的甜泉，
滋润着幸福的鲜花。"

海螺挂在我胸前，
心坎上记着党教导的话，
螺号响着人民最需要的语言，
冲天号音，永远催动跃进战马！

选自《人民文学》1961 年 10 月号，1961 年 10 月 12 日

登圆通寺

余光中

用薄金属锤成的日子
属于敲打乐器

不信，你可以去叩地平线

这是重阳，可以登高，登圆通寺
汉朝不远
在这声钟与下声钟之间

不饮菊花，不佩茱萸，母亲
你不曾给我兄弟
分我的哀恸和记忆，母亲

不必登高，中年的我，即使能作
赤子的第一声啼
你在更高处可能谛听？
永不忘记，这是你流血的日子
你在血管中呼我
你输血，你给我血型

你置我于此。灾厄正开始
未来的大劫
非鸡犬能代替，我非桓景

是以海拔千尺，云下是现实
是你美丽的孙女
云上是东汉，是羽化的母亲

你登星座，你与费长房同在
你回对流层之上

而遗我于原子雨中，呼吸尘埃

1961 年重九，三十四岁生日

选自流沙河编著《台湾诗人十二家》，重庆出版社 1983 年 8 月版

水牛吟
　　——赠李可染同志
闻捷

你为什么喜欢画牛？
因为它斜风细雨里奔走，
带着犁铧卷起滚滚的泥浪，
引来扦插稻秧的双手。

你为什么喜欢画牛？
因为它不畏艰险不知忧愁，
路遇高山便一股劲攀登，
大河挡道就跃入奋游。

你为什么喜欢画牛？
因为它性子倔强而又敦厚，
对强敌投出尖利的双刀，
甘愿向牧童短笛低头。

你为什么喜欢画牛？

因为它对人并无过多要求，

饿了便咀嚼青青的野草，

渴了畅饮潺潺的清流。

你为什么喜欢画牛？

因为它紧踏着生活的节奏，

牛啊！革命风格的结晶，

牛啊，劳动人民的朋友。

1961 年 10 月 27 日于北戴河

选自《闻捷诗选》，人民文学出版社 1979 年 1 月版

莲的联想

余光中

已经进入中年，还如此迷信

　迷信着美

对此莲池，我欲下跪

想起爱情已死了很久

　想起爱情

最初的烦恼，最后的玩具

想起西方，水仙也渴毙了

　拜伦的坟上

为一只死蝉，鸦在争吵

战争不因海明威不在而停止
　　仍有人欢喜
在这种火光中来写日记

虚无成为流行的癌症
　　当黄昏来袭
许多灵魂便告别肉体

我的却拒绝远行，我愿在此
　　伴每一朵莲
守小千世界，守住神秘

是以东方甚远，东方甚近
　　心中有神
则莲合为座，莲叠如台

诺，叶何田田，莲何翩翩
　　你可能想象
美在其中，神在其上

我在其侧，我在其间，我是蜻蜓
　　风中有尘
有火药味，需要拭泪，我的眼睛

　　　　写于 1961 年 11 月 10 日

　　　　选自流沙河编著《台湾诗人十二家》，重庆出版社 1983 年 8 月版

有赠

曾卓

我是从感情的沙漠上来的旅客，
我饥渴，劳累，困顿。
我远远地就看到你窗前的光亮，
它在招引我——我的生命的灯。

我轻轻地叩门，如同心跳。
你为我开门。
你默默地凝望着我
（那闪耀着的是泪光么？）

你为我引路，掌着灯。
我怀着不安的心情走进你洁净的小屋，
我赤着脚，走得很慢，很轻，
但每一步还是留下了灰土和血印。

你让我在舒适的靠椅上坐下，
你微现慌张地为我倒茶，送水。
我眯着眼——因为不能习惯光亮，
也不能习惯你母亲般温存的眼睛。

我的行囊很小，

但我背负着的东西却很重，很重，

你看我的头发斑白了，我的背脊佝偻了，

虽然我还年轻。

一捧水就可以解救我的口渴，

一口酒就使我醉了，

一点温暖就使我全身灼热。

那么，我能有力量承担你如此的好意和温情么？

我全身战栗，当你的手轻轻地握着我的，

我忍不住啜泣，当你的眼泪滴在我的手背。

你愿这样握着我的手走向人生的长途么？

你敢这样握着我的手穿过蔑视的人群么？

在一瞬间闪过了我的一生，

在神圣的时刻是结束也是开始，

一切过去的已经过去，终于过去了，

你给了我力量、勇气和信心。

你的含泪微笑着的眼睛是一座炼狱，

你的晶莹的泪光焚冶着我的灵魂，

我将在彩云般的烈焰中飞腾，

口中喷出痛苦而又欢乐的歌声……

1961 年 11 月

选自绿原、牛汉编著《白色花》，人民文学出版社 1981 年版

长街

管管

还是一些刚油漆过的小嘴。还是一些游在柏油路上的
　　鞋子。还是一些亲着裙子的嘴的黄昏

神噢

这下午该怎么办？这长街该怎么办？

神噢

如果有座花轿过去，那里边该坐着些什么？该坐着些
　　什么？窗与窗仇视着，该仇视着些什么。那些被小
　　轿车碾毙的曲子。该不是被风宣判离婚的叶子。该
　　不是被谋杀的叶子。该不是被轿夫践踏过无家可归
　　的叶子

神噢

电杆木变不成棵槟榔树。大理石墙根上不怀孕蒲公英。
　　公园的芳草地上。有些夜晚有些裙子吻过。有些血
　　灌溉过。有些头发纠缠过。他们都来踏青。踏那些
　　芳草。牙祭春天的裸体。是的起码她不该是块水泥。

神噢

冰店里植一棵结满太阳的椰子树。遮住性感的裤子。
　　遮住易腐的冰。吾试着自裙子与裙子之间爬过去。

去采摘一朵生蔷薇。处女蔷薇。或是一株草。没见
过电灯的草。这唯一的诱惑丝腰带的一点真实。再
什么吾也不知道。甚之模特儿不乱来的眼睛。甚之
花纸上繁殖的什么情。甚之垃圾堆里憔悴的康乃
馨。甚之一只饥渴的酒瓶。

神噢
旅店的墙上找不到系马的铜环。巡按大人在这张床上
睡过。那个女人也睡过。与五胡十六国睡过。与不
同的钱睡过。啊！那些生蛆的春。都集结在你旗袍
的那只凤凰头上。

神噢
吾若中了奖
吾就去买一块红漆棺材
放在长街的那头
给小孩们做船玩
或者让野狗子做窝
或者落上一群麻雀
或者他妈的

或者

　　选自《现代诗》第 36 期，1961 年 11 月

双虹

昌耀

蔡其矫

这样的景色真是罕见，
两支七彩的巨柱并立在水上
背后尚有昏黄的阵雨，
前面正当夕阳含山。
于是，绛色的榕树闪照在暗绿的高岸，
绛色的渡船起落在晶亮的波间，
绛色的水草摇动晚潮，
绛色的鹭鸶横飞暮天……
直到远山化作朦胧的蓝烟，
直到夜的帘幕垂落江面。

写于 1961 年

选自蔡其矫著《双虹》，上海文艺出版社 1981 年版

筏子客

昌耀

落日。
辉煌的河岸。
一个辉煌的背影：

皮筏——
和扛着皮筏的筏子客。

跋涉于归途，
忘却了鱼的飞翔，
　　　水的凌厉。
与激流拼命周旋，
原是为的崖畔
那一扇窗口。那里
有一朵盛开的
牡丹。

当圆月升起，我看到
一个托举着皮筏的男子
走向山巅辉煌的小屋。

1961 年夏初写

1981 年 9 月 2 日重写

选自昌耀著《命运之书》，青海人民出版社 1994 年版

夜行在西部高原

昌耀

夜行在西部高原

我从来不曾觉得孤独。

——低低的熏烟

被牧羊狗所看护。

有成熟的泥土的气味儿。

不时，我看见大山的绝壁

推开一扇窗洞，像夜的

樱桃小口，要对我说些什么，

蓦地又沉默不语了。

我猜想是乳儿的母亲

点燃窗台上的油灯，

过后又忽地吹灭了……

　　　1961 年初稿

　　　选自昌耀著《昌耀的诗》，人民文学出版社 2000 年版

荒甸

昌耀

我不走了。

这里，有无垠的处女地。

我在这里躺下，伸开疲惫了的双腿，

等待着大熊星座像一株张灯结彩的藤萝，

从北方的地平线伸展出它的繁枝茂叶。

而我的诗稿要像一张张光谱扫描出——

这夜夕的色彩，这篝火，这荒甸的

情窦初开的磷光……

1961 年初稿

选自昌耀著《昌耀的诗》，人民文学出版社 2000 年版

1962^年

西行剪影

张志民

戈壁老汉

过去的歌
生在戈壁,
长在戈壁,
戈壁
走弯两条腿,
戈壁
染白满面须。

冬风
任它来,
秋雨
任它去,
戈壁滩上无春光,
反正是:
一间地窝子,
半张老羊皮。

死了,
归老鹰,

活着

属"巴依"

跑！哪里去？

大巴依

手把天和地，

小巴依

也管三千里……

那时呵！

戈壁在他眼里

是座无边的大坟墓，

石头盖，

石头底，

夜夜愁这苦路长呵！

只怕是，

永生永世出不去……

今天的歌

戈壁里翻身，

戈壁里站起，

万里东风，

添傲骨！

一轮红日，

染白须。

童年，

重新过，

青春，

从头起，

谁说老汉八十几？

就是他

带领戈壁探宝队，

千里戈壁插红旗。

站下

顶天立地！

走起，

扬眉吐气，

瞧！多神气！

一鞭抽开千里雪，

骑上那匹草青马，

好似跨上了

千里驹……

如今呵！

有谁再说这戈壁大，

他要跟你争到底：

"碧玉天，

黄金地，

咱天天嫌这塌地窄呵

只怕是，

将来放不开大机器……"

花毯

天上，
有多少云片，
和田，
有多少花毯。

地上，
有多少种花草、鸟兽，
毯上，
有多少样花色、图案。

毯上织匹骏马，
只见那银鬃飞闪。
毯上织串葡萄，
望得你满口发酸。

和田的花毯铺到北京，
载满边疆的温暖，
和田的花毯飞遍世界，
带着祖国的春天。

你要问
和田有多少织毯工人？
咳，这一问，

就是个门外汉。

不会织毯
哪能算和田人！
三岁娃娃
也会蹬机拴线……

塔里木

塔里木，
塔里木，
千顷荒原万顷树，
芦苇窜上天，
落叶三尺五，
黑土，
一攒一把油！
河水，
遍地流成湖。

多么好的地方呵！
千年万载，
虚把青春度！
万草齐发
就是不出稻和谷，
打开地图看：
一没人来二没路……

塔里木，

塔里木

红旗辟开黄金路，

白的是羊群，

红的是花圃，

远看，

千里棉海涌上天，

近瞧，

滚滚稻浪脚下扑……

眨眼的工夫呵！

炊烟朵朵，

新村新镇遍地出，

谷香鱼肥，

大荒原变成了米粮库，

要问用的啥速度，

等不得换地图……

　　　选自《诗刊》1962 年第 1 期，1962 年 1 月 10 日

当我死时

余光中

当我死时，葬我，在长江与黄河

之间，枕我的头颅，白发盖着黑土

在中国，最美最母亲的国度

我便坦然睡去，睡整张大陆

听两侧，安魂曲起自长江，黄河

两管永生的音乐，滔滔，朝东

这是最纵容最宽阔的床

让一颗心满足地睡去，满足地想

从前，一个中国的青年曾经

在冰冻的密西根向西瞭望

想望透黑夜看中国的黎明

用十七年未餍中国的眼睛

饕餮地图，从西湖到太湖

到多鹧鸪的重庆，代替回乡

写于 1962 年 2 月 24 日　卡拉马加

选自刘登翰选编《台湾现代诗选》，春风文艺出版社 1987 年 8 月版

伊帕尔汗

严辰

沙枣的小小的花朵，

给戈壁装饰了满眼春光，

沙枣的清香的气息，

传遍天山。传遍四面八方——

在过去了不很久远的年代，
喀什噶尔有一位维吾尔姑娘，
她的名字叫做伊帕尔汗，
美丽的名声沙枣花一样芳香。

沙漠里卷起一阵风暴，
喀什噶尔遭到了意外的灾殃，
一个满清皇帝把姑娘掳去，
带到北京在皇宫里深藏。

皇帝对她百般宠爱，
伊帕尔汗却冷若冰霜，
爱情不能用暴力取得，
自由呵决不在强权面前投降。

为了博得姑娘的欢心，
换取她千金一笑、婉啭歌唱，
皇帝什么办法不曾使过，
但一切都只是痴心妄想。

绫罗绸缎不能教姑娘软化，
金玉珠宝收买不了坚贞的心肠，
她羡慕飞过头顶的雄鹰，
在蔚蓝的天空展翅翱翔。

喀什噶尔河清清的水呵，

夜夜在姑娘的枕边流淌，

高大的宫墙层层包围，

姑娘的心时刻跳动在故乡。

她要和故乡的兄弟姊妹，

把欢乐和苦难一同分尝，

英雄的民族不可欺侮，

伊帕尔汗就是最好的榜样。

伊帕尔汗全身佩戴着短刀，

就像多刺的玫瑰一样，

皇帝纵然能够叱咤风云，

却始接征服不了顽强的姑娘。

她宁可死去也不屈膝，

每一根汗毛都挑着反抗，

她的心灵明彻晶莹，

如同八月十五的皎洁的月亮。

伊帕尔汗的气节世代传颂，

高大的坟墓金碧辉煌，

瞻仰的人群川流不息，

喀什噶尔河水呵日夜在歌唱。

　　沙枣的小小的花朵，

　　给戈壁装饰了满眼春光，

沙枣的清香的气息，

传遍天山，传遍四面八方……

原载《人民文学》1962 年 3 月号，1962 年 3 月 12 日

夜耕（外一首）

邵燕祥

在远处黑虎虎的地平线上，

陆地喷射出扇面似的强光；

我仿佛看见伙伴的笑脸，

他挑战的时候总是这样……

明朗的心期望着明朗的回答，

我也捻亮了一双前灯；

让我们用马达来谈话吧，

迎面响起了马达的回声。

这时祖国宁静地酣睡，

笼罩着她的是金黄的梦；

我们拖拉机手坚守着岗位，

一寸一寸地把泥土唤醒。

灯火

谁心中有一万万家灯火，
谁就会更爱我们的生活：
华灯初上北京的楼台，
一眨眼遍地灯光闪烁。

雪山上几乎划尽了火柴，
终于点起第一盏灯火；
几十里方圆亮起一盏灯，
守林人开始向纵横巡逻；

草原上的暴风飞沙走石，
扑不灭帐篷中明灯旺火；
雨雾迷蒙，讯号灯却亮晶晶，
一列列火车飞驰而过；

川江上浮标逐个点亮，
照耀着浩浩的江水扬波，
一帆风顺——开船吧，
大江东去，船头将驶进星河……

一把一把发亮的种子，
一串一串闪光的花朵，
一片一片桔黄的果实，

啊，我的灿烂辉煌的祖国！

原载《人民文学》1962 年 3 月号，1962 年 3 月 12 日

回声

金波

这绿色的山谷多么好，
有这么多红的花，绿的草，
还有满山的果树，
结着鸭梨、苹果和蜜桃。

这里还有一位小伙伴，
他整天在山谷里奔跑，
多少次我想见他一面，
只因山深林密找不到。

可是我唱山歌，
他也跟着唱山歌，
我吹口哨，
他也跟着吹口哨。

他还爱学那小鸟吱吱地唱，
爱学那羊羔咩咩地叫，
夜晚学那泉水哗啷啷摇铃，

清晨学那金鸡打鸣儿报晓。

如今他不再学那
爷爷小时饥饿的哭声,
兵荒马乱的枪声,
和那深夜的狼嗥。

他每天跟我学:
幸福的歌,爽朗的笑;
我们一唱一和的声音,
整天在山谷里飘。

如果你想知道他的名字,
你就向群山问一句:
"叫你'回声'好不好?"
他准会答应一句——"好!"

原载《人民文学》1962 年 3 月号,1962 年 3 月 12 日

春天,遂想起

余光中

春天,遂想起
江南,唐诗里的江南,九岁时
采桑叶于其中,捉蜻蜓于其中

（可以从基隆港回去的）
江南

　　　小杜的江南
　　　苏小小的江南

遂想起多莲的湖，多菱的湖
多螃蟹的湖，多湖的江南
吴王和越王的小战场
（那场战争是够美的）

　　　逃了西施
　　　失踪了范蠡
失踪在酒旗招展的
（从松山飞三小时就到的）
　　乾隆皇帝的江南

春天，遂想起遍地垂柳
　　的江南，想起
太湖滨一渔港，想起
那么多的表妹，走过柳堤
（我只能娶其中的一朵！）
走过柳堤，那许多表妹
　　　就那么任伊老了
　　　任伊老了，在江南
　　　（喷射云三小时的江南）

即使见面，她们也不会陪我

陪我去采莲，陪我去采菱

即使见面，见面在江南

　　在杏花春雨的江南

　　在江南的杏花村

　　（借问酒家何处）

　　何处有我的母亲

复活节，不复活的是我的母亲

一个江南小女孩变成的母亲

清明节，母亲在喊我，在圆通寺

喊我，在海峡这边

喊我，在海峡那边

喊，在江南，在江南

　　多寺的江南，多亭的

　　江南，多风筝的

　　江南啊，钟声里

　　的江南

（站在基隆港，想——想

想回也回不去的）

　　多燕子的江南

写于 1962 年 4 月 29 日午夜

选自流沙河编著《台湾诗人十二家》，重庆出版社 1983 年 8 月版

心儿在飞翔

康朗甩

祖国呵，我的祖国

我这颗激荡的心呵

在你宽阔的蓝天中飞翔

俯视你锦绣的山河

朵朵彩云

从我的身边飘过

一朵彩云像一个绚丽的理想

一朵彩云像一支幸福的歌

我俯视茫茫的大地

珍珠般的稻谷在阳光下闪烁

今年又是丰收的年景

新修的谷仓一所连一所

望见了呵，我望见了

望见了天安门前辉煌的灯火——

像亿万颗珠宝闪闪烁烁

望见了呵，我望见了

人民大会堂雄伟的建筑——

像神话中的殿宇斑斓巍峨

呵，我望见了，望见了

望见了中南海那柔和的春水

它多像我们父亲慈祥的眼波

我愿变作一束鲜艳的花朵

开放在祖国的心窝

我愿变作一支善歌的糯乐多①

日夜飞绕在天安门上

唱出千万支赞歌

我愿挑起一箩金黄的稻谷

跟在社员们身后

把珍珠般的谷粒撒播

我要用双手轻轻地

推开每幢竹楼的小窗

呵，竹楼的主人呵

听我唱一支你们心里的歌

祖国呵，我的祖国

我这颗激荡的心呵

在你宽阔的蓝天中飞翔……

陈贵培　译

原载《边疆文艺》1962 年 5 月号，1962 年 5 月 5 日

---

①糯乐多是傣族传说中最会唱歌的鸟。

牵牛花

屠岸

因为你只在早晨开放，
西方人叫你晨光①；
要把你比作天上的星宿，
我们叫你牵牛。

牛郎呵，牛郎，
谁是你的织女姑娘？
莫非是那夜来香，
只在夜里散芬芳？

要晨光不仅在早晨亮，
要夜来香不仅在夜里香，
要银河上的鹊桥永不断，
要人世间的幸福万万年。

原载《文汇报》1962 年 5 月 5 日

---

①牵牛花英语叫 morning – glory，直译其意为"晨光"。

我从季节走过

蓉子

我从季节走过
听见它欢悦的微响
而我已不属于春天，不再。

如此笔直地走过不再回顾
任万千绿叶向我召唤
繁美盛放在春迟……

走过——
却不知终点何处?!
当美梦在季初塑成未开的蓓蕾
紧锁古铜色的深心——
只如此笔直走过，难以回顾。

原载《联合报·联合副刊》，1962 年 5 月 7 日

招魂

　　——给二十世纪的中国诗人

杨牧

霜花满衣，一只孤雁冷冷地飞过
古渡的吹箫人立着——回东方来
梦里一声鼓，醒时一句钟
季候的迷失者啊
你的鲜血自荒冢里泛滥而来
让明日的枯骨长埋雪地

纸钱在残碑废塔前飞着
撩拨墓穴流出来幽古的芬芳
霜花落在吹箫人的脸上啊
清明早过，谁在坟山外打着七彩的阳伞？
那是簇拥而过的晚云
九月的红蓼草在河岸上开着凄凉和寂寞

犹记得长安城里豪雨的午后
雷纹商嵌的香炉
袅袅飞升的篆烟
春草绿上了你默默的石阶
雨停之后，就是你亘古的安睡
你梦着龙，梦着凤，你梦着麒麟

无边落木，随霜花以俱下

回东方来，季候的迷失者啊

歌台舞榭锁着两千年吴越的美学

当细雨掩去你浪人的归路

你苍白的吹箫人啊

山海寂寂，长江东流如昔

写于 1962 年 5 月

选自刘登翰选编《台湾现代诗选》，春风文艺出版社 1987 年 8 月版

等你，在雨中

余光中

等你，在雨中，在造虹的雨中

　蝉声沉落，蛙声升起

一池的红莲如红焰，在雨中

你来不来都一样，竟感觉

　每朵莲都像你

尤其隔着黄昏，隔着这样的细雨

永恒，刹那，刹那，永恒

　等你，在时间之外

在时间之内，等你，在刹那，在永恒

如果你的手，在我的手里，此刻
　　如果你的清芬
在我的鼻孔，我会说，小情人

诺，这只手应该采莲，在吴宫
　　这只手应该
摇一柄桂桨，在木兰舟中

一颗星悬在科学馆的飞檐
　　耳坠子一般地悬着
瑞士表说都七点了。忽然你走来

步雨后的红莲，翩翩，你走来
　　像一首小令
从一则爱情的典故里，你走来

从姜白石的词里，有韵地，你走来

　　写于 1962 年 5 月 27 日夜

　　选自刘登翰选编《台湾现代诗选》，春风文艺出版社 1987 年 8 月版

白帆

田间

一

谁知这一页白帆，
记下五千年时间？

二

谁知这两岸绿叶，
曾是诗歌的摇篮？

三

战斗者热血与汗，
永远是历史画卷。

四

五千年云和月，
还留在金字塔。

五

尼罗河老人在船上，
他正在和新月攀谈。

六

这天上挂的新月，
成了船上的金环。

七

我们中国的诗人，
前来赞美你白帆！

八

白帆历史的镜子，
桅杆船夫的手臂。

九

巨手把镜子托起，
映照河上的波涛。

十

你比暴风更强悍，
烟雾里方向不变。

十一

你能把地球穿过，
从这边走到那边。

十二

仿佛白云一片，
饱含露珠千串。

十三

蔷薇在向你致意，
海鸥在向你呼唤。

十四

芦苇为你吹笛子，
星月为你作灯盏。

十五

尼罗河鹤发童颜，
未来的美景无限。

十六

看旭日升上云端，
白帆上朵朵花瓣。

十七

螺号阵阵高吹，
白帆驶向花园。

十八

白帆请带上这首诗，
远航吧真理是岸！

1962 年 3 月，地中海边行吟

原载《人民文学》1962 年 6 月号，1962 年 6 月 12 日

登城楼

高缨

登上边地古老城楼，

黄的菜花，绿的杨柳，

春色满眼稠。

城池内外车马如流，

红是长裙，花是彩袖，

谈笑盈街头。

彝族小姑娘，弹弄口弦来，

傈僳好伙伴，吹着芦笙走，

藏族老爹骑在马鞍上，

鞭梢儿随着小调晃悠悠；

风也悠悠，人也悠悠，

卖了瓜菜，打来白酒，

再到那小戏台上赛歌喉。

民族家庭何处无亲友！

猛一低头，只见城墙上

有刀痕弹坑残留，

忆昔日民族械斗，

山样的冤呵海样仇，

千年刻在古城楼。

只因消灭了剥削鬼，

冤仇风散云流，

阳光普照，桃李满山丘。

忽想到彝族古老格言——

"要想与魔鬼同锅庄，

做梦也难求！"

　　　　原载《人民文学》1962年6月号，1962年6月12日

敦煌的早晨

李瑛

在敦煌，

风沙很早就醒了，

像群蛇贴紧地面，

一边滑动，一边嘶叫。

但沙飞、风啸，却掩不住

乡野大道歌声高；

白杨梢头又传来一片野鸟啼，

红柳丛中的渠水哗哗笑。

党河岸边走着一群青年人，

黄牛背上驮捆捆树苗；

莫看每人肩头都有一小片沙漠，

他们要到瀚海的浪尖上栽杏种桃。

……忽然，谁在吹笛子，这么早，

在田间？在树丛？在沙丘、山脚？

我知道流沙湮不没他们的笛眼，

漠风也吹不断那憨厚的笑。

哈，走来了，三个孩子，

笛音回绕着三把铁锹；

红扑扑的小脸像怒放的牡丹，

他们要到学校去栽条林荫道。

人说敦煌连早晨也是棕黄色的，

黄的河水，黄的野云，黄的古堡；

可为什么透过万里沙帐，我却看见：

这早晨，湿湿的，青青的，有多么好！

原载《人民文学》1962 年 6 月号，1962 年 6 月 12 日

囚我的眼睛

张默

囚我的，鞭策我的，是您的眼睛

对着小小的拱形窗，那里是何等蓝天的忧郁，你的半

　　边脸是不是贴在窗棂上，读着日尼薇，你是不是想

　　用发束把我紧紧地缠绕

南边的海湄去觅一颗无告的心

他的记忆是一幅新艺体的大海原，就是那样的茫茫

　一片，烦乱逾恒的，他想离开这里，上你的台阶

你的长年的禁锢是美的

原载《野火》1962 年 6 月第 2 期

甘蔗林——青纱帐

郭小川

南方的甘蔗林哪，南方的甘蔗林！

你为什么这样香甜，又为什么那样严峻？

北方的青纱帐啊，北方的青纱帐！

你为什么那样遥远，又为什么这样亲近？

我们的青纱帐哟，跟甘蔗林一样地布满浓荫，

那随风摆动的长叶啊，也一样地鸣奏嘹亮的琴音；

我们的青纱帐哟，跟甘蔗林一样地脉脉情深，

那载着阳光的露珠啊，也一样地照亮大地的清晨。

肃杀的秋天毕竟过去了，繁华的夏日已经来临，

这香甜的甘蔗林哟，哪还有青纱帐里的艰辛！

时光像泉水一般涌啊，生活像海浪一般推进，
那遥远的青纱帐哟，哪曾有甘蔗林里的芬芳！

我年青时代的战友啊，青纱帐里的亲人！
让我们到甘蔗林集合吧，重新会会昔日的风云；
我战争中的伙伴啊，一起在北方长大的弟兄们！
让我们到青纱帐去吧，喝令时间退回我们的青春。

可记得？我们曾经有过一个伟大的发现：
住在青纱帐里，高粱秸比甘蔗还要香甜；
可记得？我们曾经有过一个大胆的判断：
无论上海或北京，都不如这高粱地更叫人留恋。

可记得？我们曾经有过一种有趣的梦幻：
革命胜利以后，我们一道捋着白须、游遍江南；
可记得？我们曾经有过一点渺小的心愿：
到了社会主义时代，狠狠心每天抽它三支香烟。

可记得？我们曾经有过一个坚定的信念：
即使死了化为粪土，也能叫高粱长得秆粗粒圆；
可记得？我们曾经有过一次细致的计算：
只要青纱帐不倒，共产主义肯定要在下一代实现。

可记得？在分别时，我们定过这样的方案：
将来，哪里有严重的困难，我们就在哪里见面；
可记得？在胜利时，我们发过这样的誓言：

往后，生活不管甜苦，永远也不忘记昨天和明天。

我年青时代的战友啊，青纱帐里的亲人！
你们有的当了厂长、学者，有的作了编辑、将军，
能来甘蔗林里聚会吗？——不能又有什么要紧！
我知道，你们有能力驾驭任何险恶的风云。

我战争中的伙伴啊，一起在北方长大的弟兄们！
你们有的当了工人、教授，有的作了书记、农民，
能再回到青纱帐去吗？——生活已经全新，
我知道，我们有勇气唤回自己的战斗的青春。

南方的甘蔗林哪，南方的甘蔗林！
你为什么这样香甜，又为什么那样严峻？
北方的青纱帐啊，北方的青纱帐！
你为什么那样遥远，又为什么这样亲近？

　　　　1962 年 3 月—6 月，厦门——北京

　　　　原载《人民文学》1962 年第 7 期

乡村大道

郭小川

一

乡村大道呵，好像一座座无始无终的长桥！

从我们的脚下，通向遥远又遥远的天地之交；
那翠玉栏杆般的高树呀，眺不尽绿野上的万顷波涛。

哦，乡村大道，又好像一根根金光四射的丝绦！
所有的城市、乡村、山地、平原，都叫它串成珠宝；
这一串串珠宝交错相连，便把我们的锦绣江山缔造！

二

乡村大道呵，也好像一条条险峻的黄河！
每一条的河身，至少有九曲十八折；
而每一曲、每一折呀，都常常遇到突起的风波。

哦，乡村大道，又好像一道道干涸的沟壑！
那上面的石头和乱草呵，比黄河的浪涛还要多；
古往今来的旅人哟，谁不受够了它们的颠簸！

三

乡村大道呵，我生之初便在它上面匍匐；
当我脱离了娘怀，也还不得不在上面学步；
假如我不曾在上面匍匐学步，也许至今还是个侏儒。

哦，乡村大道，所有的山珍土产都得从此上路，
所有的男男女女、英雄志士，都得从此出出入入；
凡是前来的都有远大的前程，不来的只得老死狭谷。

四

乡村大道呵，我爱你的长远和宽阔，

也不能不爱你的险峻和你那突起的风波；

如果只会在花砖地上旋舞，那还算什么伟大的生活！

哦，乡村大道，我爱你的明亮和丰沃，

也不能不爱你的坎坎坷坷、曲曲折折；

不经过这样的山山水水，黄金的世界怎会开拓！

1961 年 11 月初稿于昆明

1962 年 6 月改于北京

选自《诗刊》1962 年第 4 期

碧潭

余光中

——载不动　许多愁

十六柄桂桨敲碎青琉璃

几则罗曼史躲在阳伞下

我的，没带来，我的罗曼史

在河的下游

如果碧潭再玻璃些

就可以照我忧伤的侧影

如果舴艋舟再舴艋些

我的忧伤就灭顶

八点半。吊桥还未醒

暑假刚开始，夏正年轻

大二女生的笑声，在水上飞

飞来蜻蜓，飞去蜻蜓

飞来你。如果你栖在我船尾

这小舟该多轻

这双桨该忆起

谁是西施，谁是范蠡

那就划去太湖，划去洞庭

听唐朝的猿啼

划去潺潺的天河

看你濯发，在神话里

就覆舟，也是美丽的交通失事了

你在彼岸织你的锦

我在此岸弄我的笛

从上个七夕，到下个七夕

1962 年 7 月 10 日

选自余光中著《与海为邻》，上海文艺出版社 1999 年版

沿着历史的长河走（三首）

阮章竞

赣南行

沿着赣江向南行，
清晨雾，罩群山。
沿川杨柳沿江绿，
一川绿水，一江白渔帆。

远山蓝，近山紫，
樟树似绿云团团起，
菜田吐蕊迎春来，
遍川铺了金毯子。

久站江边等渡船，
对岸云峰鹰飞扬，
柳林雄马声唤起：
当年红旗夜渡江！

青山、翠岭、十八滩，
杜鹃如血点斑斑，
红色战士的脚踪上，
骄松绿满红山岗。

过宁都

沏茶，喝琴江的水，
会餐，吃梅江的鱼。
水美鱼又鲜，
移步望江天：
春风吹雨洒楼台，
白壁上悬"彭湃县"！

青山似海朝北去，
旧念如潮在翻腾：
冲锋号起琴江怒，
肉搏刀挥梅水浑！
英雄儿女多少次，
高唱凯歌敲城门！

山雨霏霏早报春，
四看桃花红遍城，
身如鹰飞的红军象，
似驾东风在奔行，
梅水桥头我三扬手，
感谢英雄的宁都人！

1962 年 2 月 13 日于瑞金道上

瑞金道上

我记得是在学徒的年月里，
黎明前在枕边望朝云：
工人农民是压不死的，
到处悄悄说瑞金。

我想起在青年的时代里，
在脚手架上听喜讯：
为工农出气的大红旗，
越举越红在瑞金。

我唱着"三大纪律、八项注意"之歌，
走进它出生的红山林。
这支歌儿也教养了我，
我告山、告水来探亲！

我唱歌儿来探亲，
越过崇山攀陡岩，
英雄脚下无平道，
道在深谷半山旋。

崇山深谷千道弯，
路旁溪川水潺潺，
当年红军战马汗，

洒透千山汇成川。

战马汗水汇成川，
滋润春花满道边，
英雄事业有多少？
请数数云间万层峦。

云山层层难数尽，
白云连山山连云。
我唱着歌儿朝前进，
谷口云天一片金。

谷口云天一片金，
绿树似龙舞山前，
青林背后衬红霞，
我喜泪盈眶进瑞金！

1962 年 2 月 13 日瑞金

原载《诗刊》1962 年第 4 期，1962 年 7 月 10 日

喀什风情（二首）

李幼容

边城路上

柳絮杨花满街飘，

毛驴摇铃过小桥，
花头巾，小花帽，
好似彩云飞来了。

骆驼大车载树苗，
司机鸣笛互问好。
一路歌，一路笑，
追着车轮跑来了。

呵，喀什，路宽新楼高，
渠水绕街道，
姑娘鬓插沙枣花，
清香随人飘……

食堂里，香馕、抓饭、煮面条……
旅店门前手相招，
远来的客人歇歇脚，
修鞋打掌上大道。

呵，喀什，我来了，又去了，
边疆路长不觉遥，
遥望今夜月皎皎，
犹如在故乡怀抱！

欢乐的肉孜节

人如春潮拥满巷，
彩巾、花帽、新衣裳，
礼拜寺圆顶闪金光，
皮鼓咚咚唢呐响。

呵，圆圆的艾尕提广场，
好像唱片一张，
人群拥挤转动，
歌声笑声飞扬！

阿訇换上新"散蓝"①，
白巾好像雪一样，
见面说声"撒拉姆"②，
手抚前胸道吉祥。

克孜③的花裙美，巴郎④的皮靴亮，
老人越活越健壮，
两眼笑影成双，
伤心的泪水不再淌……

---

①散蓝：阿訇缠头白巾，节日时换新的。
②撒拉姆：祝福之语。
③克孜：小女孩。
④巴郎：小男孩。

呵，喀什肉孜节，多么欢畅，

维吾尔人感谢亲爱的党，

毛主席是我们生命的清泉，

把欢乐引到边疆的边疆！

　　原载《人民文学》1962 年 7 月号，1962 年 7 月 12 日

马尔康诗抄（二首）

傅仇

果林里的新城——绰斯甲

绿荫连接青天，

楼屋挨着树梢；

屋檐上吊着雪梨，

窗户上挂着核桃；

新城就在果林里，

果树站满了街道。

哦，灾难的土地，

已被绿荫埋掉！

哦，痛苦的镣铐，

已被炉火熔化了！

镣铐已铸成犁锄，

翻出了甜土多少。

第一代甜蜜的果树，

已经站起来了！

看街上红衣闪闪，

听树上笛声飘飘；

歌和梨一样甜，

人和树一样好！

你和果树同生长，

挺身迎接过大风暴！

星星的峡谷

云母崖，

云母路，

白银的长廊，

星星的峡谷。

白天如过珠市，

光辉灿灿迷双目。

夜晚如渡星河，

星光洒满衣服。

请问大自然富翁，

你有多少财富？

请你打开宝箱，

我们来采集云母：

给祖国铸一面云母镜，

远照万里云和树；

万水千山好梳妆，

日日照出新面目！

星光引我飞驰，

云母给我照路，

载走一车光辉，

幻想留在峡谷。

原载《人民文学》1962 年 7 月号，1962 年 7 月 12 日

战士来到天安门

雁翼

不忙找旅馆，

不忙会友人，

战士来到北京城，

先走天安门。

正一正军帽，

理一理衣襟，

太阳的光芒你不要刺眼睛，

让我看个真。

啊，天安门多么红，

红楼之上飞鸽群。

天安门多么高，

远山都变近……

那汉白玉的栏杆，

多么像我守望的雪山头。

那闪光的琉璃瓦，

多么像我头上的彩云。

那两行大标语，

就写在我的哨棚。

那一盏盏大纱灯，

会照着我在边疆行进。

我行进……

我思忖……

我思念我的北京城，

我思忖我的天安门。

天安门呀，天安门，

天安门上站巨人，

上安天，下安地，

一个铁打的乾坤！

一个铁打的乾坤，

也是我战士的责任，

我把心交给了天安门，

我把天安门装进了我的心！

写于 1962 年 5 月

选自《人民文学》1962 年 7 月号，1962 年 7 月 12 日

戈壁行军

李瑛

多么渴望有一湾河水，
多么渴望有一片绿阴；
忽然这一切都一齐出现，
迎接我们在戈壁里行军。

近了，已看见柳丝轻摆，
近了，已看见湖水粼粼；
又有楼阁，又有水榭，
好像还萦绕着鸟啼阵阵。

我们的队伍连日跋涉，
忽遇见这座绿色的城镇，
怎不使初进沙漠的小伙子，
高兴得笑出声音！

……队伍走进，幻景消失，
脚下却仍是褐的砾石，黄的云；
战士不由得哈哈大笑，
直惊得蜥蜴四散飞奔。

尽管是挂在半空的蜃楼海市，

且当做献给战士的画本；

可我们心上设计的图样呀，

远比它更美好十分！

看前面又出现一座更大的城市，

我亲爱的战友呵也不妨相信；

因为今天我们每前进一步，

距我们真正的理想不是又缩短一分！

1961 年 9 月——1962 年 6 月

乌鲁木齐——北京

原载《延河》1962 年 7—8 月号，1962 年 8 月 1 日

峨日朵雪峰之侧

昌耀

这是我此刻仅能征服的高度了：

我小心翼翼探出前额，

惊异于薄壁那边

朝向峨日朵之雪彷徨许久的太阳

正决然跃入一片引力无穷的山海。

石砾不时滑坡引动棕色深渊自上而下一派嚣鸣，

像军旅远去的喊杀声。我的指关节铆钉一般

楔入巨石罅隙。血滴，从脚下撕裂的鞋底渗出。

啊，此刻真渴望有一只雄鹰或雪豹与我为伍。

在锈蚀的岩壁但有一只小得可怜的蜘蛛

与我一同默想着这大自然赐予的

快慰。

　　1962 年 8 月 2 日

　　选自昌耀著《昌耀的诗》，人民文学出版社 2000 年版

井巴大叔

周雨明

半辈子没出过沙洼洼，

三十年只见过一个西瓜，

不知道大米是白色的，

可怜的牧人井巴。

草原上，狼比羊多，

瘟疫的旋风天天在刮，

羊死啦，他被王爷赶走，

流浪的奴隶井巴。

红旗把你收下，

从此才有了个温暖的家；

给公社放的羊群，

哪一个不啧啧称赞！

如今已是花白的胡须，
连第一书记也相劝不下；
每当接羔的严冬，
你便和绵羊睡在一搭……

二百只的母羊群，
年年接羔二百零八，
那火样的红旗，
在鄂尔多斯草原高插。

今天，祖国递来了请帖，
接劳模的小车要来接他，
呵，清风吹失了他满脸皱纹，
这从前的枯树开放了红花。

请上车吧，
汽车又吹响了喇叭；
请您坐在最前面哟，
我们敬爱的大叔井巴。

原载《边疆文艺》1962 年 8 月号，1962 年 8 月 5 日

山泉

那沙

我爱那碧浪翻涌的青山，
更爱那深谷长峡中的山泉；
这从青山胸怀沁溢出来的珠液，
这从大地深处喷泄出来的水源。

它踏着本来没有路的路，
不知疲倦地日夜奔流；
纵然前面有更惊险的崎岖跌宕，
它还是一心向前不止不休。

雄浑的歌声淙淙不绝，
这不是山泉有意喧嚷；
是它辛勤的脚步的音响，
引起山谷的共鸣欢畅。

它有时像含情的少女，
清波流盼无限温柔，
轻轻吻着溪边的芳草，
伴着花飞蝶舞悠悠漂流。

有时却像激流从天降，

泻下冲腾飞跃的巨瀑，

哪怕是再刚硬的石岩，

也要被它化作深潭。

也许那清幽雅静的溪湾，

会把这仆仆风尘的远客勾留？

不，它好像一番心事总未了，

百折不回地奔流再奔流。

山泉带着山野的芳香，

流呵，流向四面八方，

流向滔滔的江河，

流向辽阔的海洋。

原载《人民文学》1962 年 8 月号，1962 年 8 月 12 日

中元夜

余光中

　　——上穷碧落下黄泉

　　　　两处茫茫皆不见

月是情人和鬼的魂魄，月色冰冰

燃一盏青焰的长明灯

中元夜，鬼也醒着，人也醒着

人在桥上怔怔地出神

伸冷冷的白臂，桥栏拦我

拦我捞李白的月亮

月光是幻，水中月是幻中幻，何况

今夕是中元，人和鬼一样可怜

可怜，可怜七夕是碧落的神话

落在人间。中秋是人间的希望

寄在碧落。而中元

中元属于黄泉，另一度空间

如果你玄衣飘飘上桥来，如果

你哭，在奈何桥上你哭

如果你笑，在鹊桥上你笑

我们是鬼故事，还是神话的主角？

终是太阴侵侵，幽光柔若无棱

飘过来云，飘过去云

恰似青烟缭绕着佛灯

桥下磷磷，桥上磷磷，我的眸想亦磷磷

月是盗梦的怪精，今夕，回不回去？

彼岸魂挤，此岸魂挤

回去的路上魂魄在游行

而水，在桥下流着，泪，在桥

　上流

　　　写于 1962 年 8 月 15 日，中元次夕

　　　选自流沙河编著《台湾诗人十二家》，重庆出版社 1983 年 8 月版

战时

——一九四二·洛阳

痖弦

春季之后

烧夷弹把大街举起犹如一把扇子

在毁坏了的

紫檀木的椅子上

我母亲底硬的微笑不断上升遂成为一种纪念

细脚蜂营巢于七里祠里

我母亲半掩于去年

很多鸽灰色的死的中间

而当世界重复做着同一件事

她的肩膀是石造的

那夜在悔恨与瞌睡之间

一匹驴子竟夕哀鸣而一些兵士

走到窗下电杆木前展开他们的告示

石楠的繁叶深垂

据说是谁也没睡

而自始至终

他们的用意不外逼你去选一条河

去勉强找个收场

或写长长的信给外县你瘦小的女人

或惊骇一田荞麦

不过这些都已完成了

人民已倦于守望。而无论早晚你必得参与

草之建设。在死的营营声中

甚至——

已无须天使

原载《创世纪》第 17 期，1962 年 8 月

屋顶之树

羊令野

星。

孤独的，照着

屋顶之树。而那一撮

根须，遂有亚热带梦之孤独享受。

你的名字呢？

你的家族呢？

你不落脚于土地。

很像你的弟兄们：

云之闲逸。

星之孤高。

你们是孪生的，那样呼吸着。

呼吸着每座星球之土壤。

而你：

不属于辽远的丛林。

不属于哪一只手植。

不属于这都市的

屋顶之树。

乃如我的额发一样孤独：

无花。

无果。

一种不属于土壤之植物。

写于 1962 年 9 月

选自流沙河编著《台湾诗人十二家》，重庆出版社 1983 年 8 月版

良宵

昌耀

放逐的诗人啊

这良宵是属于你的吗？

这新嫁娘的柔情蜜意的夜是属于你的吗？

这在山岳、涛声和午夜钟楼流动的夜

是属于你的吗？这使月光下的花苞

如小天鹅徐徐展翅的夜是属于你的吗？

不，今夜没有月光，没有花朵，也没有天鹅，

我的手指染着细雨和青草气息，

但即使是这样的雨夜也完全是属于你的吗？

是的，全部属于我。

但不要以为我的爱情已生满菌斑，

我从空气摄取养料，经由阳光提取钙质，

我的须髭如同箭毛，

而我的爱情却如夜色一样羞涩。

啊，你自夜中与我对语的朋友

请递给我十指纤纤的你的素手。

1962 年 9 月 14 日于祁连山

选自昌耀著《昌耀的诗》，人民文学出版社 2000 年版

青纱帐——甘蔗林

郭小川

看见了甘蔗林，我怎能不想起青纱帐！

北方的青纱帐啊，你至今还这样令人神往；

想起了青纱帐，我怎能不迷恋甘蔗林的风光！

南方的甘蔗林啊，你竟如此翻动战士的衷肠。

哦，我的青春、我的信念、我的梦想……
无不在北方的青纱帐里染上战斗的火光！
哦，我的战友、我的亲人、我的兄长……
无不在北方的青纱帐里浴过壮丽的朝阳！

哦，我的歌声、我的意志、我的希望……
好像都在北方的青纱帐里生出翅膀！
哦，我的祖国、我的同胞、我的故乡……
好像都在北方的青纱帐里炼成纯钢！

这里却是南方，而不遥远的北方；
北方的高粱地里没有这么甜、这么香！
这里却是甘蔗林，而不是北方的青纱帐；
北方的青纱帐里没有这么美，这么亮！

北方的青纱帐哟，常常满怀凛冽的白霜；
南方的甘蔗林呢，只有大气的芬芳！
北方的青纱帐哟，常常充溢炮火的寒光；
南方的甘蔗林呢，只有朝雾的苍茫！

北方的青纱帐哟，平时只听见心跳的声响；
南方的甘蔗林呢，处处有欢欣的吟唱！
北方的青纱帐哟，常年只看到破烂的衣裳；
南方的甘蔗林呢，时时有节目的盛装！

何必这样问呢——到底更爱南方，还是北方？

我只能回答：我的国土到处都是一样；

何必这样问呢——到底更爱甘蔗林，还是青纱帐？

我只能回答：生活永远使人感到新鲜明朗。

风暴是一样地雄浑呀，雷声也一样地高亢，

无论哪里的风雷哟，都一样能壮大我们的胆量；

太阳是一样地炽烈呀，月亮也一样地甜畅，

无论哪里的光华哟，都一样能照耀我们的心房。

露珠是一样地明澈呀，雨水也一样地清凉，

无论哪里的雨露哟，都一样是滋养我们的琼浆；

天空是一样地高远呀，大地也一样地宽敞，

无论哪里的天地哟，都一样是培育我们的温床。

呵，老战士还不曾衰老，新战士已经成成长，

我们的人哪，总是那样胆大、心细、性子刚；

呵，老一代还健步如飞，新一代又紧紧跟上，

我们的人哪，总是那样胸宽、气壮、眼睛亮。

看吧，当敌人挑衅时，甘蔗林将叫他们投降；

那甜甜的秸秆啊，立刻变成锐利的刀枪！

看吧，当敌人侵犯时，甘蔗林将把他们埋葬；

那密密的长叶啊，立刻织成强大的罗网！

北方的青纱帐啊，你为什么至今还令人神往？

因为我们的甘蔗林呀，已经是新时代的青纱帐！

南方的甘蔗林哪，你为什么这样翻动战士的衷肠？

因为我们的青纱帐呀，埋伏着千百万雄兵勇将！

1962 年 3 月广州初稿

6 月至 9 月北京改成

原载《北京文艺》1962 年第 10 期

我的妆镜是一只弓背的猫

蓉子

我的妆镜是一只弓背的猫

不住地变换它底眼瞳

致令我的形像变异如水流

一只弓背的猫　一只无语的猫

一只寂寞的猫　我底妆镜

睁圆惊异的眼是一镜不醒的梦

波动在其间的是

时间？　是光辉？　是忧愁？

我的妆镜是一只命运的猫

如限制的脸容　锁我的丰美于

它底单调　我的静淑

于它底粗糙　步态遂倦慵了

慵困如长夏！

舍弃它有韵律的步履　在此困居

我的妆镜是一只蹲踞的猫

我的猫是一迷离的梦　无光　无影

也从未正确地反映我形像

原载《蓝星季刊》第 4 期，1962 年 11 月

柳（外一首）

公刘

黄土塬上，柳色如烟似的朦胧，

古人别离到此，手执青条相送；

泪一掬，酒一盅，

不忍听阳光三叠曲终……

我却折柳当鞭驱马踏春风，

——玉门关外旌旗红；

今夜投宿处，

勘探队员歌声满帐篷。

羊皮筏子

在兰州，羊皮筏子太平常，

扛在舟子肩上，

晾在沙滩边上，

吞吐在黄河舌尖上。

黄河是饕餮的，

它总是在咀嚼着什么东西；

一个漩涡一张嘴，

还溅着白的唾液……

休要提到汉代遥远的传说！

休要学霍嫖姚①中流悲歌！

漫道黄河多风波，

如今黄河奈我何！

且瞩望明天奇异的美丽，

九曲十八湾，筑成水的阶梯；

那时节，我们有白帆，白鸥，白煤②，

要找羊皮筏子么？请上博物馆去！

　　　　1957 年 7 月初稿——西北

　　　　1962 年 7 月定稿——山西

　　　　原载《延河》1962 年 11 月号

---

①霍嫖姚，即霍去病，汉代名将。
②可供发电用的水利资源，谓之白煤。

高原秋色

张志民

车进高原地，
奇景一眼收。
土生金呵，
水流油！
黄土高原名不假，
山多高呵土多厚。

梯田千级塔，
窑洞万层楼，
一行烟呵，
一行柳！
几家门前晒红枣，
染红秦川百里沟。

南看满山羊，
北望一沟牛，
歌悠悠呵，
水悠悠！
牧娃踩着云片儿走，
羊肚子手巾白包头。

玉米翻金浪，

高粱乱点头，

秋风吹呵，

红旗抖！

公社田头什么亮？

银镰闪闪催谷熟……

原载《人民文学》1962 年 12 月号，1962 年 12 月 14 日

鹿群

苏金伞

山沟边的野葡萄已经变紫，

岩头上的雁蓬果也已长熟；

我们在进行最后一次薅秧，

不久就要开始收获。

一踏进稻田里，

满畈的稻穗都一齐赶来，

在手边咀嚼着阳光，

用舌头舔我们的两腮。

然后又随风奔散，

在田野上跳浪追逐，

不羁的欢乐，无休止的嬉闹，
像一万个王子在旋舞。

一会卷入蒸腾的白云，
一会拥上连绵的山丘；
又突然迅速地折回，
偎依在我们的胸前反刍。

这时从山上走下一个猎人，
带着五只龙壮的猎犬，
一面走着一面四下嗅寻，
不一会来到我们的面前。

猎人说：他发现一群金鹿，
布满了整个山峦，
正准备瞄准射击，
鹿群却忽然不见。

他走下山来寻觅踪迹，
却看见这片黄澄澄的稻田，
不知是鹿群躲进了稻丛，
还是稻穗迷惑了他的双眼。

我们告诉猎人：
鹿群已驰进我们的心头，
正在里面欢鸣踏舞，

谁也休想捕捉到手。

原载《人民文学》1962 年 12 月号，1962 年 12 月 14 日

树的启示

陈敬容

睡梦中有人抢夺我的孩子
梦醒时正月白风清
枕边的小脸上漾着微笑
嬉戏蹦跳后异样地恬静

孩子好比是大树的幼苗
小小生命也饱含雨露阳光
有一天长满了丰枝茂叶
叶脉里将闪现今夜的月亮

1962 年冬记梦
选自《陈敬容选集》，四川人民出版社 1983 年版

卑亚南番社

——南湖大山辑之二

郑愁予

我底妻子是树，我也是的；
而我底妻子是架很好的纺织机，

松鼠的梭，纺着缥缈的云，

在高处，她爱纺的就是那些云

而我，多希望我的职业

只是敲打我怀里的

　　小学堂的钟，

因我已是这样年龄——

啄木鸟立在我臂上的年龄。

　　写于 1962 年

　　选自刘登翰选编《台湾现代诗选》，春风文艺出版社 1987 年 8 月版

独唱

黄翔

我是谁

我是瀑布的孤魂

一首永远离群索居的

诗。

我的漂泊的歌声是梦的

游踪

我的唯一的听众

是沉寂

　　1962 年

　　选自谢冕、唐晓渡主编《在黎明的铜镜中》，北京师范大学出版社 1993 年

10 月版

断章

昌耀

1

我成长。
我的眉额显示出思辨的光泽。
荒原注意到了一个走来的强男子。

2

我喜欢望山。望着山的顶巅，
我为说不确切的缘由而长久激动。
而无所措。
有时也落落寡合：
当薄暮我投宿苍茫的滩头，
那只名叫天禄的石兽面带悻悻笑意，
嘲弄我对你的红爱出于迂执……

3

石崖。一座钟鼎形熔岩，
结满石核的累累果实……
这该是我的图腾柱。

我扭动细腰，虔诚地抚摸。从这凹凸中
我以多茧的双手拼读大河砑然的轰鸣，
胸腔复唤起摇撼的风涛。

      4

没有篝火。云层
如金箔发出破空的骁耆。

这样寒冷的夜……
但即使在这样寒冷的夜
我仍旧感觉得到我所景仰的这座岩石，
这岩石上锥立的我正随山河大地作圆形运动，
投向浩渺宇宙。
感觉到日光就在前面蒸腾。

      5

炊烟的微粒在无风中静止。
我潜泳的身子如激流孳养的昆布……
此时，我才完全享有置身巨人怀抱的安详。

1962 年

选自昌耀著《昌耀的诗》，人民文学出版社 2000 年版

1963 年

月夜潜听

李瑛

满月推起海的大潮，
满月照得大地透明；
巡逻组长说：
"今夜月明，注意潜听！"

月亮，不要照出我的影子，
风，不要出声；
祖国睡去了，
枕着大海的涛声。

我们出发，伴着满海明月，
我们出发，披着一天繁星；
警觉的夜像万弦绷紧，
刺刀上写着战士的忠诚。

轻轻，再轻轻，
躲开月光，沿低谷潜行；
三块岩石，却有三双耳朵，
三簇野草，却有三双眼睛。

亲爱的家乡，亲爱的祖国，

多少神圣的命令藏在我心中；

就是这最大的信任和叮嘱，

为我们遮住了暴雨狂风！

远村传来鸡叫，回营吧，

不要告诉炊烟，不要告诉风。

边境好恬静，但要警惕，

夜是肌肉，我们是神经！

写于 1961 年 2 月

选自李瑛著《红柳集》，作家出版社 1963 年版

鞭子

袁水拍

在越南革命博物馆里，

屋子中央有一只玻璃柜，

灯光照明下，陈列着一批鞭子，

那是法国殖民主义者的刑具。

有苎麻做的鞭子，

有牛皮做的鞭子，

有橡胶做的鞭子，

还有又粗又重的硬木棍。

有的鞭子长，有的短，

有的鞭子是独根的，

有的鞭子头上有许多分叉，

有的鞭子带刺。

在我们的自然博物馆里，

有各式各样贝壳和蝴蝶的标本，

为了增加人们的知识，

教育我们的青年和学生。

对！在所有的历史博物馆里，

应该有这些染过鲜血的特殊的标本，

为了武装人们的头脑。

它们是我们青年和学生的课本。

在博物馆里，

有已经放下了的鞭子，

可是世界上还有许多地方，

有着更多没有放下的鞭子呀！

而且鞭子放下了，

也还是能够举起来，

只要人们放松警惕，

给敌人以机会！

在越南革命博物馆里，

屋子中央有一只玻璃柜，

四周的墙壁上悬挂着，

一代又一代的烈士像。

他们的严峻的目光，

仿佛针对着这只柜子，

灯光照明下，一条又一条鞭子

好像是一条又一条装死的蛇。

选自《人民文学》1963 年 2 月号，1963 年 2 月 12 日

黄山松

张万舒

好，黄山松，我大声为你叫好，

谁有你挺得硬，扎得稳，站得高；

九千里雷霆，八千里风暴，

劈不歪，砍不动，轰不倒！

要站就站上云头，

七十二峰你峰峰皆到，

要飞就飞上九霄，

把美妙的天堂看个饱！

不怕山谷里阴风的夹袭，

你双臂一抖，抗得准，击得巧！
更不畏高山雪冷寒彻骨，
你折断了霜剑，扭弯了冰刀！

谁有你的根底艰难贫苦啊，
你从那紫色的岩上挺起了腰；
即使是裸露着的根须，
也把山岩紧紧地拥抱！

你的雄姿像千古高峰不动摇，
每一根针叶都闪烁着骄傲；
那背阳的阴处，你横眉怒扫，
向着阳光，你迸出劲枝万千条！

啊！黄山松，我热烈地赞美你，
我要学你艰苦奋战，不屈不挠；
看！在这碧紫透红的群峰之上，
你像昂扬的战旗在呼啦啦地飘。

选自《诗刊》1963 年第 1 期

日出

张万舒

踏云穿雾我登上天都峰顶，

为了欢迎你伟大庄严的生命，

大海鼓起百万排巨浪，

像海底爆炸千声惊雷，

你，轰轰烈烈地诞生！

出海就是光芒万丈，

照得环天都是火一般的金云，

谁能阻拦你啊，

宇宙敞开壮阔的胸怀，

任你鼓动金翼飞升！

紫色的群峰，苍郁的森林，

力的列车，火的飞轮，

千座大厦，万柱烟囱，

一齐从我亲爱的土地上崛起、跃动，

向着你隆隆地奔腾……

在你的光辉下，万类吐金，

生活的春潮在猛涨，战旗滚如云，

有壮阔的天宇，有东风压阵，

飞啊，飞向最理想的高度，

焕发最强烈的光明！

选自《诗刊》1963 年第 1 期

祝酒歌

——林区三唱之一

郭小川

三伏天下雨哟，

雷对雷；

朱仙镇交战哟，

锤对锤；

今儿晚上哟，

咱们杯对杯！

舒心的酒，

千杯不醉；

知心的话，

万言不赘；

今儿晚上啊，

咱这是瑞雪丰年祝捷的会！

酗酒作乐的

是浪荡鬼；

醉酒哭天的

是窝囊废；

饮酒赞前程的

是咱们社会主义新人这一辈！

财主醉了，

因为心黑；

衙役醉了，

因为受贿；

咱们就是醉了，

也只因为生活的酒太浓太美！

山中的老虎呀，

美在背；

树上的百灵呀，

美在嘴；

咱们林区的工人啊，

美在内。

斟满酒，

高举杯！

一杯酒，

开心扉；

豪情，美酒，

自古长相随。

祖国是一座花园，

北方就是园中的腊梅；

小兴安岭是一朵花，

森林就是花中的蕊。

花香呀，
沁满咱们的肺。

祖国情呀，
春风一般往这儿吹；
同志爱呀，
河流一般往这儿汇。
党是太阳，
咱是向日葵。

广厦亿万间，
等这儿的木材做门楣
铁路千百条，
等这儿的枕木铺钢轨。
国家的任务是大旗，
咱是旗下的突击队。

骏马哟，
不用鞭催；
好鼓哟，
不用重锤；
咱们林区工人哟，
知道怎样答对！

且饮酒，
莫停杯！

三杯酒，

三杯欢喜泪；

五杯酒，

豪情胜似长江水。

雪片呀，

恰似群群仙鹤天外归；

松树林呀，

犹如寿星老儿编成队。

老寿星啊，

白须、白发、白眼眉。

雪花呀，

恰似繁星从天坠；

桦树林呀，

犹如古代兵将守边陲。

好兵将啊，

白旗、白甲、白头盔。

草原上的骏马哟，

最快的是乌骓；

深山里的好汉哟，

最勇的是李逵；

天上地下的英雄啊，

最风流的是咱们这一辈！

目标远，
大步追。
雪上走，
就像云里飞；
人在山，
就像鱼在水。

重活儿，
甜滋味。
锯大树，
就像割麦穗；
扛木头，
就像举酒杯。

一声呼，
千声回；
林荫道上，
机器如乐队；
森林铁路上，
火车似滚雷。

一声令下，
万树来归：
冰雪滑道上，
木材如流水；
贮木场上，

枕木似山堆。

且饮酒，
莫停杯！
七杯酒，
豪情与大雪齐飞；
十杯酒，
红心和朝日同辉！

小兴安岭的山哟，
雷打不碎！
汤旺河的水哟，
百折不回。
林区的工人啊，
专在这儿跟困难作对！

一天歇工，
三天累；
三天歇工，
十天不能安生睡；
十天歇工，
简直觉得犯了罪。

要出山，
茶饭没有了味；
快出山，

一时三刻拉不动腿；

出了山，

夜夜梦中回。

旧话说：

当一天的乌龟，

驮一天的石碑；

咱们说：

占三尺地位，

放万丈光辉！

旧话说：

跑一天的腿，

张一天的嘴；

咱们说：

喝三瓢雪水，

放万朵花蕾！

人在山里，

木材走遍东西南北；

身在林中，

志在千山万水。

祖国叫咱怎样答对，

咱就怎样答对！

想昨天：

百炼千锤；

看明朝：

千娇百媚；

谁不想干它百岁！

想它百岁！

舒心的酒，

千杯不醉；

知心的话，

万言不赘；

今儿晚上啊，

咱们不尽豪兴不停杯。……

1962 年 12 月，记于伊春

1963 年 2 月 1 日 – 28 日，写于北京

选自《诗刊》1963 年第 2 期

春雨

巴·布林贝赫

唰唰洒落的雨丝里，

远方的村落朦朦胧胧，

那湿透的、松软的沙地上，

留下族人崭新的足印。

随着那足迹向前望去，

有个人影摇晃在山梁的这边，

他匆匆忙忙地向前赶，

身旁拖着一条套马杆。

这个人或许是丢失了畜群，

顶着这雨天在外找寻？

西面的盆地里有一些牲畜，

让我上前去把他询问。

蓝色的雨丝时隐时现，

我加快脚步将他追赶，

走近了，我们彼此猛地愣住，

"原来是你呀！"我们几乎同声喊出。

原来，我这位在兽医站学习的朋友，

作为兽医早就来到了草地。

他听到"繁荣公社"有了畜疫，

没寻到乘马便徒步赶到了这里。

他的衣服虽然全被雨水淋透，

却乐呵呵地脱下衣服拧着雨水直嘀咕：

"落在衣服上虽是水珠，

洒在大地上却是黄油。"

霍尔查　译

选自《诗刊》1963 年第 2 期，1963 年 3 月 10 日

递上一枚雨花石

沙白

一

你到过雨花台吗？
　　你有没有看到过
　　　　那彩色纷呈的石子？
你有没有看过到
　　它在路边镶嵌，
　　　　像块璀璨的宝石？
你有没有看到过
　　它在花丛闪烁，
　　　　像火种一粒？

你有没有在五月，
　　来到雨花台山顶，
　　　　看榴花铺了一地——
在那万点落红中间，
　　突然毫光一闪，
　　　　头一低
　　　　　　拾起一枚血红的石子？

你有没有在那

宽阔平坦的路上，

　　　走过一次又一次，

募地，

　　耳边响起悲壮的歌声：

　　　"起来，

　　　　　饥寒交迫的奴隶……"

你有没有绕着

　　那巍峨的纪念碑，

　　　一圈又一圈，

渐渐，眼前

　　一座红色金字塔，

　　　高高耸起，

　　　　上接天宇？

也许，你还在案头，

　　留着一枚雨花石，

　　　浑圆又晶莹。

每晚对着它

　　看五分钟，

　　　老是变成一颗红心，

一双锁着的手，

　　在上面镌下文字：

　　　"永远前进"。①

————————

①郭纲琳烈士在狱中曾用铜币磨成心形，上刻"永远前进"，以示决不屈服，革命到底。

于是，面前

　　出现一个少女

　　　　坚毅的面影……

也许，你用那

　　五彩的石头，

　　　　养起一盆水仙，

对着娇艳的花朵，

　　总是想得很远——

包身工的后代，

　　怎么跨进了

　　　　纺织工学院；

海边的打鱼船，

　　为什么螺号声里

　　　　满溢着自豪与喜欢；

又是谁交给

　　大凉山的奴隶，

　　　　一个幸福的家园……

呵，是些什么样的手，

　　捧出了这个

　　　　开花的春天？

　　　二

古代诗人，

望着浩浩大江

　　涛生浪涌，

喟然长叹：

　　浪淘尽

　　　　千古风流人物！

呵，大江

　　"淘"不尽

　　　　真正的英雄！

他们

　　倒下

　　　　又站起，

　　　　　　变成高高的山峰！

请看那

　　金光闪闪的纪念碑

　　　　耸入苍穹——

那不是邓中夏，

　　迎着晨风，

　　　　昂首挺胸——

祖国在他心里，

　　世界在他怀抱，

　　　　未来在他望中！

那不是恽代英，

　　正俯瞰江南的

　　　　锦水绣山，

指点千家炊烟，

远眺万顷稻田，

　　座座桑园。

仿佛这些，当年

　　在那枪声未响的片刻，

　　　曾在他眼里一闪

那不是郭纲琳，

　　踮着脚尖，

　　　在望天安门前的华表，

　　和它上空

　　　白鸽回翔的蓝天。

仿佛这些，就是当年

　　她曾在囚牢里

　　　设计的图案，

只是刽子手

　　没让她有时间

　　　绣到祖国的绿缎上面……

呵，也许你会觉得

　　它恰恰就是那个

　　　熟悉的小通讯员，

人比马枪，

　　只高一肩，

　　　却用生命卫护了

　　　　同志的安全。

而我，却老感到

　　那里站着

一个中学教员，

灰布长衫，

　　清瘦的脸，

　　　走在示威行列最前头，

　　　　胸口对着敌人的刀尖……

呀，站在这山顶的

　　有千千万万，

　　　他的容颜

　　　　随着你的想象变换——

所有的烈士

　　都汇集眼前，

只要是他

　　曾用生命把一轮红日，

　　　托出东海海面！

　　三

下面是就义处，

　　上面是纪念碑。

雨花台的路，

　　漫长又峥嵘；

雨花台的山峰，

　　崇高又严峻！

多少人

　　在这里接受考验：

　　　站着死，

还是跪着生？
一个阶级，
　　在这里接受考验：
在弹雨中
　　覆地翻天，
　　　　还是在皮鞭下
　　　　　隐忍苟安？
时代的车轮，
　　正转与逆转，
　　　　历史自有公断！

二十二年，
　　阶级对阶级，
　　　　一场决战！
二十二年，
　　刀尖对刀尖，
　　　　炮火硝烟。
雨花台，
　　站起来，
　　云霞是它的衣裾，
　　太阳是它的冠冕！

雨花台呀，多像一座
　　红色金字塔，
　　　　立在时代的路口，
　　　　　历史的河滨……

攀上峰顶去吧，

　　　站到雨花台的高度，

　　　　　去极目海天，

　　　　　　　瞻望古今！

呀，今天，

　　　今天不也和昨天

　　　　　一样严峻！

山下伸展着雨花台的路，

　　　先辈在上面

　　　　　留下带血的脚印，

山谷回响着当年的歌声，

　　　"……做一次

　　　　　最后的斗争……"

远处是流不断的大江，

　　　滚滚向东，

　　　　　正去会合大海的潮汛；

而大海呀，

　　　浪拍长天，

　　　　　怒涛万顷，

该怎样应对

　　　海上变幻的风云？

　　　四

来吧，朋友，

　　　来吧，同志！

请来到雨花台下，

　　　一边漫步，

　　　　　一边沉思；

请攀上峰顶，

　　　在纪念碑前

　　　　　接受洗礼！

请来读一本

　　　打开的书：

　　　　　关于人生，

　　　　　关于阶级，

　　　　　关于斗争，

　　　　　关于历史……

来吧，朋友，

　　　来吧，同志！

请来雨花台，

　　　捡一枚石子。

贴胸藏着，

　　　会有颗火热的心，

　　　　　跟你的跳动在一起；

它会在月下花前，

　　　宴罢舞后，

　　　　　以雨花台的名义，

　　　　　　提醒一句！

它会在雨中雾中

　　　风里浪里

以雨花台的名义，

　　　坚定斗志！

它会给远方

　　贫民窟的窗口

　　　送一抹东方的晨曦；

它会给丛林中

　　行进的游击队

　　　点一支烧穿夜幕的火炬……

来吧，

　　请来捡一枚

　　　炽热的雨花石！

万一海阔山重，

　　雨阻风隔，

就让我的诗，

　　递上一枚血红的

　　　雨花台的石子……

　　写于 1962 年 5 月——1963 年 3 月

　　选自洪子诚、刘登翰编著《中国当代新诗史》，北京大学出版社 2010 年 5 月版

大风雪歌

　　——林区三唱之二

郭小川

老北风

——风中的霸；

腊月雪

——雪中的砂；

整整一夜哟，

前呼后拥闹天下！

寒流呀，

像冲破了闸；

冰川呀，

像炸开了花；

空气哟，

冷得发辣。

灭了，

风中的蜡；

僵了，

井底的蛙；

倒了，

泥塑的菩萨。

老天哟，
仿佛要塌；
大地哟，
仿佛要垮。
大风雪呀，
谁不受你惊吓！

而今，
咱却要你回答：
是你大，
还是咱们大？
是你怕，
还是咱们怕？

一串钟声，
把黑夜敲垮；
一阵欢笑，
把阴气气煞。
天亮了，
咱们出发！

热气呀，
把雪片烧成火花；
鲜血呀，
把白雾染成红霞。

转眼间，

无穷变化！

山风呀，

成了进军的喇叭；

松涛呀，

成了庆功的唢呐。

漫山遍野哟，

都为咱吹吹打打。

白雪呀，

献出一簇簇鲜花；

森林呀，

举起一排排火把。

林区山场哟，

能不把咱迎迓！

春麦呀，

雪下发芽；

冬梅呀，

腊月开花；

林业工人哟，

在风雪里长大！

南征，

北伐；

东挡，

西杀。

哪儿有任务，

就向哪儿进发！

风如马，

任我跨；

雪如云，

随我踏：

哪儿有艰难，

哪儿就是家！

钢锯呀，

亮开银牙；

铁斧呀，

迸出金花；

一声吆喝，

大树随风纷纷下！

冰雪滑道呀，

好似天河山牵挂，

森林铁路呀，

好似长江过三峡；

咱们的木材哟，

追波逐浪走天涯。

小材呀，

造船桨车架。

大材呀，

建高楼大厦；

擎天托地哟，

也是咱家！

是你大，

还是咱们大？

是你怕，

还是咱们怕？

而今哟，

根本不用回答！

大风呀，

你刮！

大雪呀，

你下！

请看今日的世界，

竟是谁家之天下！

1962 年 12 月记于伊春

1963 年 3 月 1 日——13 日写于北京

原载《人民日报》1963 年 3 月 19 日

森林之死

——二月二十六日大雪山所见

余光中

曾伞撑三百个夏季，擎千吨的翡翠

曾奋奏西太平洋的飓风

老了，针发柱立的巨人族

腹中的同心圆都知道

整个下午，大屠杀进行着

灭族的大屠杀在雪线上进行

链锯耆耆，磨动着钢齿，钢齿

白血飞溅，自齿隙流下。杀！

杀十七世纪的遗老！杀！

杀历史，杀风景，杀神话！杀杀杀！

杀！须发萧萧，当锯，犹傲然昂首

握地，举天，耸数臂的合抱

悲哉，巨人！壮哉，巨人！

临刑，犹森森屹七丈的自尊

绿色帝国的贵族们，颓然倒下

去平原上，举起明日的华夏

去海上，竖桅，竖樯

竖水手的信仰，水族的图腾

去旷野架铁轨的神经

承狂喘的重压，轮的践踏与践踏

　　　　白血流下了钢齿，白血流下

　　　　流下了白血，白血，白血

　　　　钢齿钢齿间流下了白血，自钢齿钢齿

　　　　流下了白血，自绿色的灵魂

从圆周噬到圆心，圈内有圈

圆内有圆内有圆内有圆

白血流下，自钢齿钢齿间

所有的年轮在战栗，从根须

从纵横的虬髯到飒爽的叶尖

每一根神经因剧痛而痉挛

三百载上升复上升的意志，一千季矗立的尊严

拔海六千呎，骑雪峰的龙脊更上

那气象，下一瞬将轰轰瓦解

在族人的巨尸堆中，哗然倒下

倒下，森林之神的一面大纛

森林之死！森林之死！

蔽天荫地，绿塔顶晃晃欲坠

百万根针锥痛着，绝望中

所有的根鹰抓着岩石。轧轧震响

幢幢倾斜的，红桧的灵魂

挥数吨尸体，挥元代的风

挥清代的雷电，和一声长长长长的厉啸

向惊惶的石坡绝望地鞭下

回声隆隆，从谷底升起

　　倒下云杉倒下高高的云杉倒下

　　红桧倒下华贵的红桧倒下冷杉

　　倒下寒带的征服者冷杉倒下

　　美丽的香杉倒下森林的旌旗

大屠杀进行着，绝壁高高地举起

悲剧的舞台。雪峰无言

冷峻的阳光无言，唯钢铁胜利

整个下午，原始森林在四周倒下

悲啸呼喊着悲啸答应着悲啸

　　雪花飘落了雪花飘落了雪花

　　白色的降落伞降落着白色

　　降落着白色的天使天使般降落

洪荒时，一切是绿色的幻想

在潮湿中窃听太阳的口号

和春季的谣言。一阵呐喊

敲破最坚的石英岩，掀开了冻土

雪线上，零度下，将自己拔向云，拔向星

拔向蓝冰空最蓝处去读气象

当根在七尺下搅一亩冷泥

更锥下，锥入地质的年代与年代

曾享圣经族长三位数的年龄

多少截中断的历史。   我跪下

弥留的木香中，数你美丽的年轮

伟大的横断面啊，多深刻而秘密

多秘密的年鉴！这一年，郑成功渡海东来

这一年，太阳旗红如血，红得滴血

血滴在海棠红上！这一年，我恋爱

在一个孤岛上，孤岛在海外

这一年，这一年……

我死的一年押在哪一圈上，啊森林！

写于 1963 年 3 月 24 日

选自刘登翰选编《台湾现代诗选》，春风文艺出版社 1987 年 8 月版

雷锋之歌（节选）

贺敬之

一

假如现在啊，

我还不曾

不曾在人世上出生，

   假如让我啊

再一次开始

开始我生命的航程——

在这广大的世界上啊，

哪里是我

最迷恋的地方？

哪条道路啊

能引我走上

最壮丽的人生？

面对整个世界，

我在注视。

从过去，到未来，

我在倾听……

八万里

风云变幻的天空啊，

今日是

几处阴？几处晴？

亿万人

脚步纷纷的道路上

此刻啊

谁向西？谁向东？

哪里的土地上

青山不老，

红旗不倒，

大树长青？

哪里的母亲啊

能给我

　　纯洁的血液、

　　坚强的四肢、

　　明亮的眼睛？

让我一千次选择：

是你，

还是你啊

——中国！

　　让我一万次寻找：

　　是你，

　　只有你啊

　　——革命！

生，一千回，

生在

中国母亲的

怀抱里，

　　活，一万年，

　　活在

　　伟大毛泽东的

　　事业中！

啊，一切

都已经

证明过了……

　　一切一切啊

　　还在

　　证明——

这里有

永远

不会退化的

红色种子；

　　这里有

　　永远

　　不会中断的

　　灿烂前程！

看步步脚印……

望关山重重……

有多少英雄啊

都在我们

行列中！

　　领我走，

　　教我行……

　　跟上一步啊，

　　一次新生！

……滚滚湘江水呀，

闪闪延河的灯……

使我怎能不

日日夜夜

梦魂牵绕？

　　……上甘岭头雪呀，

　　越秀山下松……

　　使我怎能不

　　千番万回

　　热血沸腾？……

望天安门上

那亲切的笑容——

我的眼里

常含热泪啊，

　　送新战士入伍，

　　听连营的号声——

　　我的心中

　　怎能不又

　　风起云涌？……

我迷恋

我们革命事业的

艰苦长途上——

一个征程

又一个征程！

　　我骄傲

　　我们阶级队伍的

　　生命群山中——

　　一个高峰

　　又一个高峰！……

啊！真正地

幸福啊！

何等地

光荣！……

在今天，

我用滚烫的双手

抚摸着

我们的

红旗——

又一次把

母亲的

衣襟

牵动……

让我高呼吧！

看啊，

在我们的大地上，

在党的

摇篮中——

此刻，

又站起来

一个多么高大的

我们的

弟兄！……

二

让我呼唤你啊

呼唤你响亮的名字，

你——

雷锋！

　　我看着

　　你青春的面容，

　　好像我再生的心脏

　　在胸中跳动……

我写下这两个字：

"雷、锋"——

我是在写啊

我们阶级的

整个新一代的

姓名；

　　我写下这两个字：

　　"雷、锋"——

　　我是在写啊

　　我的履历表中

　　家庭栏里：

　　我的弟兄。

你的年纪，

二十二岁——

是我年轻的弟弟啊，

　　你的生命

　　如此光辉——

　　却是我

　　无比高大的

　　长兄！

……我奔向你的面前!

带着

母亲给我的教训,

和我对你

手足的深情……

　　　仿佛一刹那间

　　　越过了

　　　千山万岭……

啊! 我像是

突然登上泰山,

　　　站立在

　　　日观峰顶……

我看见

海浪滔滔的

母亲怀中——

　　　新一代的太阳

　　　挥舞着云霞的红旗,

　　　上升啊

　　　上升!……

……惊蛰的春雷啊,

浩荡的春风! ——

　　　正在大地上鸣响;

　　　正在天空中飞行!

一阵阵,

一声声——

　　　"雷锋!……"

"雷锋！……"

"雷锋！……"

道路上的列车啊，

海港里的塔灯——

　　有多少个车轮

　　在传诵啊；

　　有多少条光线

　　在回应……

一阵阵，

一声声——

　　"雷锋！……"

　　"雷锋！……"

　　"雷锋！……"

那红领巾的春苗啊

面对你

顿时长高；

　　那白发的积雪啊

　　在默想中

　　顷刻消融……

今夜有

灯前送别；

　　明日有

　　路途相逢……

"雷锋……"

——两个字

说尽了

亲人们的

千般叮咛；

　　　"雷锋……"

　　　——一句话，

　　　手握手，

　　　陌生人

　　　红心相通！……

写于 1963 年 3 月 31 日，选自《中国青年报》1963 年 4 月 11 日

鲁迅纪念集

未央

墓前

在风雪交加的时候

我来到先生墓前

没有赶上一个上好的天气

我一点也不觉得有什么遗憾

因为，先生喜欢迎着风雪作战

我虔诚地献上一棵青松

上面沾着雪花片片

没有供奉花圈和酒礼

我不觉得内心有什么歉然

因为，先生像青松一样朴素而又永年

拍吧，摄影师

一队兵士在墓前照相
威风凛凛，眼望前方
墓前衬着草绿军服
帽徽闪闪，迎着太阳

拍吧，摄影师
快把这美妙的画面摄入你的镜箱
兵士因有这样的先辈而光荣自豪
先生因有这样的后生而九泉含笑

纪念馆

这小小的房屋
怎能住得下一个巨人
这简单的陈设
怎能显示那战斗的历程

不，就是这小小的房屋
已使我如入大海
就是这简单的陈设
已使我如望星云

选自《人民文学》1963 年 4 月号，1963 年 4 月 12 日

火车经过我们村前

铁依甫江·艾里也夫

火车经过我们村前，
我们的村庄就在铁路旁边，
它同铁路一道来到这个世界；
活像一对孪生子，生在同一天。

昨天，这儿还是一片戈壁荒滩，
万古洪荒没有过足迹和人烟。
今天，一个崭新的世界平地崛起，
白天夜晚都那样生气勃勃，光辉璨璨。

今天我们把这里叫做村庄，
可它却是未来城市的开始。
将来谁打这儿经过也要惊异地问：
"这莫不是北京的街道？""究
　竟是什么城市？"

火车经过我们村前，
就像血液在血管里循环。
北京是这条铁路的起点，

它也是我们这个村庄的来源。

1963 年 2—3 月

乌鲁木齐——北京

王一之　译

选自《人民文学》1963 年 5 月号，1963 年 5 月 12 日

逃亡的天空

商禽

死者的脸是无人一见的沼泽

荒原中的沼泽是部分天空的逃亡

遁走的天空是满溢的玫瑰

溢出的玫瑰是不曾降落的雪

未降的雪是脉管中的眼泪

升起来的泪是被拨弄的琴弦

拨弄中的琴弦是燃烧着的心

焚化了的心是沼泽的荒原

写于 1962 年

选自《创世纪》第 18 期，1963 年 6 月

铁的洪流

——读《长征画集》

臧克家

开卷

画册打开心也开，
雄风浩荡扑满怀，
本子不大容量大，
万水千山滚滚来。

渡湘江

红军渡湘江，
前程长又长，
江水有情意，
滚滚翻波浪。

胜利

遵义城头大旗开，
大旗开，胜利来！
白军纷纷作俘虏，
走进画里现丑态。

跨越

草地陷人坑，
战士脚杆硬。
大渡河里船似箭，
铁索桥上走英雄。

翻雪山

夹金山，顶着天，
没有口子的一道关；
红军攀上又翻下，
当作了胯下的溜溜板。

老林之夜

老林的夜墨墨黑，
篝火的光热又红，
胜利故事讲不完，
辛苦酿成甜甜的梦。

烘饼

烘饼炉前香喷喷，
心灵手巧小红军，

算了饼数算人数，

青稞磨面是珍品！

铁的洪流

革命灵感涌笔尖，

黑墨射出红光彩，

一幅一幅翻涛浪，

铁的洪流倒灌来。

选自《人民文学》1963 年 7—8 月号，1963 年 7 月 20 日

横

金炳兴

伤亡过后，你是被逼出的形相

在两片瘦竹间，在多风的墙垣上

没有人告诉你

        （没有人告诉我）

一条舟究能承载多少温柔

一首儿歌所蕴涵的能量

而你选择，只因有一扇窗

斜拒太阳

什么样的种子什么样的根

脉络中埋藏不了缺席

犹是你奔走而来

激流中捕捉食粮，烽烟里凭吊山色

攀缘提升，日子在恍惚的眉睫

在崖岸

你听不见

　　　　　（我早已听见）

啼声里那些割破的成分

当月升之前，钟未鸣

一只受惊的鸟从我发间跃起

一面旗递进你的边界

一艘无舵的船行将启碇

而你惊异

　　　　　（我从不惊异）

颤动的唇翅悬不住矜持

恐惧自腹壁弹出

这些树带来盘古的祝福

微笑自腐蚀的记忆中迷失秩序

我的召唤

在永恒的封闭里……

　　　原载《好望角》11 期，1963 年 9 月 1 日。选自《香港新诗选（1948 –
1969)》，香港中文大学人文学科研究所 1998 年版

给桥

痖弦

常喜欢你这样子
坐着，散起头发，弹一些些的杜步西
在折断了的牛蒡上
在河里的云上
天蓝着汉代的蓝
基督温柔古昔的温柔
在水磨的远处在雀声下
在靠近五月的时候

（让他们喊他们的酢浆草万岁）

整整的一生是多么地、多么地长啊
纵有某种诅咒久久停在
竖笛和低音箫们那里
而从朝至暮念着他、惦着他是多么的美丽

想着，生活着，偶尔也微笑着
既不快活也不不快活
有一些什么在你头上飞翔
或许
从没一些什么

美丽的禾束时时配置在田地上

他总吻在他喜欢吻的地方

可曾瞧见阵雨打湿了树叶与草么

要作草与叶

或是作阵雨

随你的意

（让他们喊他们的酢浆草万岁）

下午总爱吟那阕《声声慢》

修着指甲，坐着饮茶

整整的一生是多么长啊

在过去岁月的额卜

在疲倦的语字间

整整一生是多么长啊

在一只歌的击打下

在悔恨里

任谁也不说那样的话

那样的话，那样的呢

遂心乱了，遂失落了

远远地，远远远远地

写于 1963 年 10 月

选自流沙河编著《台湾诗人十二家》，重庆出版社 1983 年 8 月版

我思念北京

闻捷

我是如此殷切地思念北京，

像白云眷恋着山岫，清泉向往海洋，

游子梦中依偎在慈母的膝下……

我日日夜夜思念着北京啊！

我思念北京，难道仅仅因为：

知春亭畔东风吐出了第一缕柳烟？

西苑的牡丹蓦然间绽放妩媚的笑容？

蝉声催醒了钓鱼台清流里的睡莲？

谐趣园的池水绣满斑斓的浮萍？

金风飒飒染红了十八盘上下的枫叶？

陶然亭欣然沉醉于月桂的清芬？

或是傲岸的松柏覆盖了天坛的积雪？

红梅向白塔透露早春的来临？……

我思念北京，难道仅仅因为：

太和殿凌空翘起了描金的飞檐？

万道霞光倾泻于佛香阁琉璃的伞顶？

九龙壁上的龙尾击出了浪声？

长安街林荫下漫步着幸福的情侣？

红领巾的欢笑装满北海的游艇？

或是花市的绒花丰富了生活的情趣？

厂甸的年礼渲染着春节的气氛？……

我思念北京，难道仅仅因为：

石景山的高炉奔泻着火红的铁水？

八达岭的松枝化作绿色的围屏？

北京站悠扬的钟声催动了待发的列车？

四季青人民公社的收获彩色缤纷？

百货大楼川流着欢愉的顾客？

前门饭店迎送着南来北往的旅人？

或是首都剧场演出了新生活的赞歌？

美术馆荟聚了祖国江山的美景？……

我日日夜夜思念着北京……

啊，这千条经线，万条纬线，

织成了我激情的瀑布，心灵的梦境；

但是，我的思想不是飞溅的水花，

清澈的潭水万丈深沉。

我为什么如此地思念北京？

那儿升起了辐射光与热力的恒星！

他庄严的诗句叩开世界人民的心扉，

豪迈地宣布新中国从严峻的战斗里诞生；

三山五岳抬起了刚毅的头颅，

长江大河奔腾着古老民族的欢欣，

浩渺的天宇搏动着雄浑的鼓点，

辽阔的版图更换了一片建设的风景，

那飘起第一面五星红旗的天安门广场，

回荡着中国人民胜利的笑声……

我为什么如此地思念北京？

那儿居住着我们祖国的伟大公民！

他意气风发地登上天安门城楼，

检阅人民的力量、捍卫世界和平的大军；

欢腾的广场列队走过骁勇的战士，

三面红旗引导着大步前进的工人和农民，

湛蓝的晴空飞过频频致敬的银燕，

一片彩云托着带有竹哨的鸽群，

历史博物馆那灯火辉煌的大厅内，

铭刻着中国革命战斗的历程……

我为什么如此地思念北京？

那儿挺立着我们时代的真理士兵！

他以魁梧的身躯阻挡了混浊的逆流，

指点出各种鲨鱼作浪兴波的本性；

拉丁美洲的斗士高举起炽烈的火炬，

亚洲的兄弟驱散了弥漫在眼前的乌云，

非洲的奴隶抚摸着皮鞭烙下的伤疤，

欧罗巴工人兄弟扛着战斗的红旗，

汲取着敢于斗争的力量和信心，

马克思列宁主义战无不胜的革命学说，

在革命的土壤上获得了永生……

啊，北京啊，北京！

中华民族五千年历史的精华，

六亿五千万人民顽强意志的结晶，

阶级的大脑，党的核心，

祖国建设的枢纽，人类和平的后盾，

人民觉醒时代进军旧世界的大纛，

觉醒人民心上的北斗七星……

每当我如此地思念着北京，

我胸中便响彻三支高入云霄的歌声：

一支是"东方红，太阳升……"．

一支是"起来！不愿做奴隶的人们……"

一支是"满腔的热血已经沸腾，

要为真理而斗争……"

于是我就会迈开大步，踏着战斗的节奏，

为着北京，为着祖国，为着世界革命，

献出我诗人的歌喉，赤子的心，

一个战士的全部忠诚。

我是如此殷切地思念北京，

像白云眷恋着山岫，清泉向往海洋，

游子梦中依偎在慈母的膝下……

我日日夜夜思念着北京啊！

1963 年春于上海

选自《人民日报》，1963 年 10 月 23 日

玫瑰

高准

且悄悄放下

一束玫瑰

且悄悄离开

你的窗前

你不必知道
它何时摘下
也无须探询
我为何奉上

你微明的小窗
我久已凝望
在冷雾里终夜
望一点火光

企望着，企望着
你擎着静定的火种
来到这雾茫茫里
照暖我久盼的双瞳

也许，你真也曾愿
轻启你迷蒙的小窗
来握我冰凉的双手
只要我将它轻叩

但我想，啊，我想
还是不要敲叩
风雪里的长夜
本该我独自承受

只是那一束玫瑰

我希望它不会

太寂寞的寂寞的寂寞的

悄悄儿在风雪里凋萎

啊，我愿曾天天浇灌

以我鲜红鲜红的血液！

那么，且请你请你

当风雪已把我埋葬

就把它从窗外拣起

即使只摘一瓣夹在书里

写于 1963 年 11 月

选自流沙河编著《台湾诗人十二家》，重庆出版社 1983 年 8 月版

三月，我们的默想是澄明的

张默

攀着心灵的花木，总爱在天外徘徊

如许的轻逸，我们相识

沿着幽幽的曲径

你的思想的步姿踩在我心里

而歌唱，而不得不歌唱的是我们的初识

三月，而又

细数着。三月

孩提，而又

跳跃着。孩提

我在看，世界无声，让它的热泛滥在我们之间

像是亲于阳光的花蕊

而赞颂自我们的喉间倾出

鼓声传来，春意转来

所有的典籍转来，自澄明的光中

而歌唱依然立着

而歌唱依然立着

旋舞以及飞翔

　　自清澄澄的世界

　　这里遍地是琴键，有一只白鸟跃起

　　跃起，于窗外静默的光里

　　冥冥中，微风吹动你的哲学的发丝

　　流盼的字眼从内里溢出

　　要把整幅的世界翻回

　　而歌唱依然立着

　　这三月，我们的默想是深深的

写于 1963 年

选自刘登翰选编《台湾现代诗选》，春风文艺出版社 1987 年 8 月版

1964^年

逢单日的夜歌

商禽

一

风起东南
我要为西归的鹭行的歪斜唱夕暮之歌
酒后的老天，
请将你睡前的悲愤为我洗手
请将我手在你晕眩之中埋葬
请将之酸为柠檬
请聆听我，以你浇过星的半月，
请饮我

二

请喝我。我已经酿成；
你的太阳曾环绕我数万遍
病过。我已沐过无数死者之目光
我已穿越一株断苇在池塘投影的
三角之宁静
我已经成为宁静，
请品尝，尤可海饮你的落日
还有你的岛屿。我要云吞你的半月

三

我已解缆自你的辽夐，
在人间我已是一个岛屿
我仍可以是一具琴
然则请抚我，冷风来自西北，请奏我
黑暗中看不见海流，
海流中看不见你咸咸的路

四

如今鸟雀的航程仅只是黑暗的叹息.
而我足具飞翔中之静止
天上的海，我吻过你峡中的长发
我穿越你在人间的梦中的变形之森林，
星星之果园

五

走出你两颊间咸咸的路，
我们共是十字路口的小步舞之旋风。
我们的视瞩是可兑现的冥钱
十千亿兆眼的老天，
以你数百万光年之冷漠，
请看我所曾礼过的公墓：

阵亡者之墓

病故者之墓

处死者之墓……

而惊呼来自小草在人工花朵的枯萎中

生起

六

敲不响的云层，

我的思念倚睡梦瓦窖冷冷的烟囱而立

这个挥烟鞭赶

夜星之灼灼的牧者。彼亦曾牧过坟墓

我牧过城市。彼曾惘惘。

敲不响的云层，我曾在独木桥上

将鱼梦惊醒

多么的年少呵。

多小的溪流，一盖棺便是一座桥

七

阴霾，枯萎中的花朵，

请回忆覆舟日之晴朗

请彩绘哭泣中之晴朗，雨后的树，

刚刚画好的树旅行中之树；

憩息的树，

坟前的树；

墓中之树

根，根间之髑髅

请彩绘捞不着的沉尸之微笑在虹上浮起

八

鸣鸡，软暖之星在何处？请留住梦

吠狗，

请息止来自楼层间的自鸣钟的

时间之争辩

请饮用死去的时间

月光，请将这旋转梯之"不及"撤走，

将等待撤走

请留住梦，

风，请将我歌走

九

请将我歌就的盆栽收留，涩味的黎明，

请收留盆栽中之水芋

请听这翕翕的花皿，

这颤动的还叫作心脏；只是

太遥远

请听来自子叶的昨日之曦光

请为之在梦中一灿

十

请听我对诸事物之褒贬

夜去了总有一个昼要来

我把一切的泪都晋升为星，黎明前

所有的雨降级为露

升草地为眠床

降枪刺为果树

在风中，在深深的思念里，我将园中的树

升为火把

选自《创世纪》1964 年 21 期

纪念 T. H.

痖弦

他们来时那件事差不多已经完全构成

是以他们就为他擦洗身子

为他换上新的衣裳

为他解除种种的化学上之努力

　月光照耀

　河水奔流——

　窗槛上几只药钵还有一些摆设

　　一辆汽车驰过　　一个卖铃兰的叫喊

并无天使

他们把他抬出来往外走

他们穿过桥并把他放在巷子里

一个女人走过来哭而另一个开始摇他

  阿尔及利亚沙漠之黄与亚得里亚海水之绿

米兰附近有伟大之风景

春天的杏树还有明年的诸种瘟疫

而时间已嫌太迟

  在一堆发黄了的病历卡中

  在一声比丝还纤细的喊声下

    背向世界的

    一张脸

    作高速度降落

1963 年 10 月 14 日

为覃子豪先生逝世而写

选自《创世纪》第 19 期，1964 年 1 月

舞

  ——一九六三

叶维廉

陀螺的舞蹈自花中，波涛起拂袖

扩张着日渐圆熟的期望

款腰自风中，沓沓然绹绻

脸上横溢的景色

白玉盘无任地

盛茫茫众目

（云来万岭动）

流年的头发拍动市街的落日

起伏的鸟声漂荡斑烂的喧聒

高山忽使孩儿长

宴会使庭院……

长青的天空如腕

把款腰挽住

波涛沓沓

    在冰寒

缆枕自眩晕的转睛，轩木纷杂横着

竞漕自滔滔的唇舌，丝绸纷杂横着

窗户统被庞大的足音推开

胸怀被肉体紧闭

款腰　　　在风落后

如云去　　　成一色

有花朵自木马旋开

有铃声自两臂散落

有抽水的风轮牵带着河汉

    1963 年 9 月 20 日

    选自《创世纪》第 19 期，1964 年 1 月 20 日

微雨牧马场

杨牧

一排风蚀的断木描出

异乡的荒辽

有人倚靠栅栏

吹着柔柔的笛子

浅水穿流过你最爱的

芭蕉林，和闪烁的桥梁

雨季在我身上流出

巨石的纹路，眼看一群花斑马

嘶鸣奔跑过微雨的一片

梦境的枯林——

倚着栅栏，我也腐朽了

变成一段牧马场边的枯木

只是潮湿了些

忧郁了些

选自《创世纪》第 19 期，1964 年 1 月

我给祖国献石油

薛柱国

锦绣河山美如画，
祖国建设跨骏马，
我当石油工人多荣耀，
头戴铝盔走天涯。

　　身披天山鹅毛雪，
　　脚踏戈壁大风沙，
　　嘉陵江边迎朝阳，
　　昆仑山下送晚霞。
　　天不怕，地不怕，
　　风雨雷电任随它，
　　祖国到处是石油，
　　凡有石油处，
　　就是我的家。

红旗飘飘映彩霞，
英雄扬鞭催战马，
我当石油工人多荣耀，
自力更生雄心大。

　　茫茫荒原立井架，
　　云雾深处把井打，
　　原油喷上九重天，

祖国盛开石油花。

天不怕，地不怕，

冷风热雨任随它，

我给祖国献石油，

石油自给了，

我心乐开花。

选自《诗刊》1964年4月号

月光光

余光中

月光光，月是冰过的砒霜

月如砒，月如霜

落在谁的伤口上？

恐月症和恋月狂

迸发的季节，月光光

幽灵的太阳，太阳的幽灵

死星脸上回光的反映

恋月狂和恐月症

祟着猫，祟着海

祟着苍白的美妇人

太阴下，夜是死亡的边境

偷渡梦，偷渡云

现代远，古代近

恐月症和恋月狂

太阳的膺币，铸两面侧像

海在远方怀孕，今夜

黑猫在瓦上诵经

恋月狂和恐月症

苍白的美妇人

大眼睛的脸，贴在窗上

我也忙了一整夜，把月光

掬在掌，注在瓶

分析化学的成分

分析回忆，分析悲伤

恐月症和恋月狂，月光光

　　　　　写于 1964 年 5 月 31 日

　　　　　选自余光中著《五陵少年》，文星书店 1967 年版

白云鄂博交响诗

阮章竞

序诗　路之歌

劈开阴山重重山，

填平大壑填深谷。

壑谷填平铺铁道，

迎接春天到内蒙古。

凌晨骑马上阴山，

大雾封山云封树，

开山大炮声隆隆，

群山擂起迎春鼓。

穿过雾海云间道，

立马山头看北麓，

蓓蕾带雪遍野开，

乌兰察布花如雾。

花的原野花如雾，

香风荡漾黄沙路，

白云鄂博云中山，

藏在原野云深处。

第一章　白云巴特尔①

乌兰察布晨风吹，

草浪排排像海水。

早晨涌出个红太阳，

———————

①巴特尔，蒙古语义是"英雄"。

云儿朵朵像玫瑰。

东边羊群连羊群，
像大海泛起白浪花。
西边野马追野马，
似怒涛旋卷宝山下。

达尔罕，茂明安，
察木塈水水潺潺。
紫微星，北斗下，
有座古老的大宝山。

大宝山，离天三尺三，
山头伸手能摸月亮。
一个童话像朵云，
天天飘在宝山上。

马头琴班伴古牧歌，
歌唱白云巴特尔。
追打敌人出草原，
三年回到察木塈。

察木塈，察木塈，
雪花飘飘雪花落。
年轻的白云巴特尔，
骑着白雄马，

唱着凯旋歌：

"远征凯旋的小雄鹰呀，
清晨渡河过阴山。
年轻的白云巴特尔，
回到生我的达尔罕！"

大风漠漠，大雪飘飘，
敌人悄悄地奔来了！

勇敢的白云巴特尔，
把敌人赶出阴山道：

"捍卫草原的阴山鹰呀，
亲亲阴山再飞还。
壮年的白云巴特尔，
守在养我的茂明安！"

大风漠漠，大雪飘飘，
敌人偷偷地又来了！
白云巴特尔抡双斧，
把敌人砍下西山腰！

"怒击风云的草原鹰呀，
跪在草原向天盟誓：
谁敢再进阴山来，

白云双斧叫他死!"

大风漠漠,大雪飘飘,
从此敌人不敢来了!
有了白云巴特尔,
牛羊肥壮马长膘。

寒来暑往似车轮,
小鹰长成老山鹰,
胡子头发全白了,
还是手不离斧头,
脚不离马镫:

"天越寒冷冰越硬呀,
秋草含霜润根茎。
留下斧头给孩子,
草原代代有雄鹰!"

这一天,白云巴特尔,
骑着白马上山巅。
解下盔甲,留下斧头,
高歌纵马飞上天!

英雄飞天留下斧头,
牧民割草在察木壑;
英雄飞天留下盔甲,

牧民采石在南山坡。

万块石头献上山，
山头垒成个大鄂博；
万束蓬草夹山花，
插满山头敬鄂博。

英雄飞天留下名字，
留给荒山个好名字：
"白云布嘎哒"①
千秋万世传下去。

流传　代又　代，
代代有人编神话：
都说有人在月光下，
看见英雄骑着马，
夜里巡游草原上，
踏着白雪迎红霞！

代代牧民念英雄，
放对白马在山中。
秋天下霜冬落雪，
代代献马不断绝。

————————————

①布嘎哒，蒙古语义是神圣之山。

一年一小祭，
三年一大祭。
骑着马，赶着车，
孙孙跟着老阿爷。
帐篷搭起宝山下，
牧歌阵阵升四野。

吹大号，摇法铃，
喇嘛念起《金刚经》。
马奶酒，敬千杯，
保马壮，保羊肥。
山花红，野草翠，
保佑草原的好风水。

吹号、擂鼓又跳鬼，
赛马、摔跤、比射箭。
舞长袖，一川风，
挥长剑，天闪电。
马蹄蹬起万堆云，
马汗溅满山花瓣！

一年一小祭，
三年一大祭。
寒来暑往似车轮，
北边马群如狂澜，
反抗王公的一位英雄，

带着人马到白云山。

三角帅旗红牙边，
红波线绣在旗中间，
像奴隶鲜血流成的河，
冲过黑暗的大草原！
帅旗插在白云山，
要和王公决死战！

王公军队从哪里来，
就从哪里打回去！
王公军队向哪里攻，
就消灭他们在哪里！

秋去冬来第三年，
起义的首领身中弹，
他靠着山岩挥长剑，
把王公的将军劈两半！

王公的军队逃跑了，
英雄血流湿战衣，
他扶着山岩举起剑，
指着山顶的红波旗：

　　"生在阴山后，
　　　长在草原里，

不做奴隶活，

愿做英雄死！

"白云布嘎哒，

永远不动摇。

血染的红波旗，

永远不会倒！"

起义的奴隶举起剑，

起义的奴隶举起刀：

"奴隶血染的红波旗，

冲碎阴山冲条道！

奴隶血染的红波旗，

永远不会倒！"

选自阮章竞著《白云鄂博交响诗》，作家出版社 1964 年 5 月

如歌的行板

痖弦

温柔之必要

肯定之必要

一点点酒和木樨花之必要

正正经经看一名女子走过之必要

君非海明威此一起码认识之必要

欧战，雨，加农炮，天气与红十字会之必要

散步之必要

遛狗之必要

薄荷茶之必要

每晚七点钟自证券交易所彼端

草一般飘起来的谣言之必要。旋转玻璃门

之必要。盘尼西林之必要。暗杀之必要。晚报之必要

穿法兰绒长裤之必要。马票之必要

姑母遗产继承之必要

阳台，海，微笑之必要

懒洋洋之必要

而既被目为一条河总得继续流下去的

世界老这样总这样——

观音在远远的山上

罂粟在罂粟的田里

1964 年 4 月

选自《创世纪》第 20 期，1964 年 6 月

母亲·母亲

辛郁

一个水晶质的月亮上升了
那么软软的脚步
母亲　母亲
当我翱翔之梦滑落便是秋露
是冰冷的哀伤于大地的心胸

是一切形象在流
流向我　我在寻求碇泊或停歇
犹之一具棺椁寻求着一种腐臭
我未被净化　未被
赤裸的液体浸濡

风照拂我的生长
阳光染我以泥土的色泽
而城市　在一座危楼上我将何去
何从　我将如何从瓶中窥见
那契约的巨靴践踏我灰色头额

这是你的鼓钹你的盐腥的财富
老天　这是你的仓廪你的粮
甚至这是庞大的帝国

你的广场游荡着一群鸟羽

一组银的餐具走进你心的中央

为此我日夜念及你瞑目之日

母亲　母亲

你犹未酿造的琼浆滴滴羽化

一阵跛脚的欢唱树起他们的旗幡

我知那是我心中巍巍帝国的崩溃

如今就那样以手势传送

相信云天的崇高

于此时刻我愿我是朵紫色小花

我愿我是纯粹的品质等待鉴赏

仰首时低低呼叫　母亲啊　母亲

1964 年 5 月 31 日

选自《创世纪》第 20 期，1964 年 6 月

又回南泥湾

——看话剧《豹子湾的战斗》

贺敬之

"信天游"呵，不断头，

回回唱起来热泪流！

唱延河呵，想延安，
连想带梦南泥湾……

铃声响，大幕开——
今晚又回延安来！

好熟的路呵，好亲的山，
亲山熟路豹子川……

这一面红旗这一杆号，
咱们的红一连上来了！

手里的镢头肩上的枪，
惊天动地脚步响！

稍林里的火焰万丈高，
世世代代呵都看到！

昨天开荒多少亩？
——革命头前万里路……

南泥湾的夜晚呵这样美，
为革命吃苦甜滋味……

这一架纺车这一根线，
千年万年永不断……

一双草鞋半袋米，
闪亮的红心我认得你！

好亲的话语好旺的火，
火苗上的目光望着我……

望我的心呵，看我的手：
枪支、镢头该没丢……

团长一声把"小鬼"叫，
猛然间我的心里怦怦跳！

恍惚他走到台下来，
又帮我系好草鞋带……

……掌声起，雷声响——
看团长还在那火堆旁。

台上台下二十年，
我身旁坐着我们司令员。

二十年前后几代人？
我怀中坐着女儿红领巾。

司令员低声问这下一代：

"你将来编在第几排？……"

几代人呵，同堂坐——
毛主席还给咱上这一课！

主席的思想呵，南泥湾的路，
斗争永远不闭幕……

司令员拉住我和女儿的手：
"咱们的路呵，就是这样走！"

这样走呵，这样行！ ——
波涛翻滚在我胸……

塔里木的麦浪呵江南的风，
南泥湾的号声响不停！

……我和司令员紧相跟，
"豹子湾"走到天安门。

步步走呵，步步想，
满心的话呵我要讲……

今晚的谈话不断头，
长安街上难分手……

天外的乌云呵山后的雾，
司令员再叫我们看清楚……

革命的路基要打稳，
还要再刨"山桃根"……

南泥湾的火光呵天安门的灯，
——照得长空分外明！

东海激荡呵天山怒，
战士的筋骨钢铁铸！

伟大的战斗又打响！
是战士都在哨位上！

让我向司令员喊"报告：
我的武器又擦好……"

红领巾儿女呵要走快，
红一连在喊"跟上来！……"

跟上来呵，跟上来，
辈辈人在红旗在！

红旗万丈向天举——
革命的烈火几万里?！……

火光在前呵，枪在手！
大步长征——不回头！……

1964 年 5 月 29 日
选自《人民日报》1964 年 6 月 3 日

冬之歌

严阵

春天芳香，夏天明朗，秋天金黄，
唱支冬天的歌吧，冬天充满希望。

雪原上的松柏林：我赞美你，
你绿得浓郁啊，你绿得坚强。
深山里的蜡梅花：我赞美你，
你开得热闹啊，你香得久长。
赞美啊，枝条正在雪下生添新绿，
赞美啊，根须正在泥里孕育芬芳，
冰块下，激流正在日夜欢笑啊，
天空间，春雷正在云霞里蕴藏，
谁说冬天是风雪的世界呢？
不，风雪只是冬天的一种现象！

奔腾的马蹄啊：我赞美你，
你在冰雪上留下铿锵的声响。

旋转的车轮啊：我赞美你，
你把最美的图案，压在雪上。
赞美劈开风雪前进的犁头啊，
赞美那些顶住风雪的栋梁。
雪上，到处都看到豪迈的脚印啊，
风里，到处都听见高亢的歌唱，
是谁？谁说冬天是风雪的世界？
不，风雪是战斗者心灵里的乐章！

赞美你啊：气象员的眼睛，
你严密地监视着风雪的动向。
赞美你啊：烧炭者的双手，
你给世界送来熊熊的火光。
赞美穿过冰雪的钢铁的轨道啊，
赞美灯塔，在寒夜里闪亮，
赞美星星，赞美月亮，赞美太阳，
冬季照样亮在天的四面八方！
冬天不是什么风雪的世界啊，
冬天充满雄心壮志和战斗的渴望！

热烈地赞美你：伟大的人民，
是你把一天的风雪担在肩上！
热烈地赞美你：共和国的旗帜，
白雪把你衬托得更红更亮！
热烈地赞美你：伟大的军队，
热烈地赞美你：伟大的党！

不管有多少冬天，多少风雪，

它也只能衬托出革命者的坚强！

在风雪中地球还是照样运行啊，

谁能把我们伟大的步伐阻挡！

春天芳香，夏天明朗，秋天金黄，

唱支冬天的歌吧，冬天充满希望。

1963 年 1 月

选自严阵著《竹矛》，作家出版社上海编辑所 1964 年版

西去列车的窗口

贺敬之

在九曲黄河的上游，

在西去列车的窗口……

是大西北一个平静的夏夜，

是高原上月在中天的时候。

一站站灯火扑来，像流萤飞走，

一重重山岭闪过，似浪涛奔流……

此刻，满车歌声已经停歇，

婴儿已在母亲怀中睡熟。

在这样的路上，这样的时候，
在这一节车厢，这一个窗口——

你可曾看见：那些年轻人闪亮的眼睛
在遥望六盘山高耸的峰头？

你可曾想见：那些年轻人火热的胸口
在渴念人生路上第一个战斗？

你可曾听到啊，在车厢里：
仿佛响起井冈山拂晓攻击的怒吼？

你可曾望到啊，灯光下：
好像举起南泥湾披荆斩棘的镢头？

啊，大西北这个平静的夏夜，
啊，西去列车这不平静的窗口！

一群青年人的肩紧靠着一个壮年人的肩，
看多少双手久久地拉着这双手……

他们啊，打从哪里来？又往哪里走？
他们属于哪个家庭？是什么样的亲友？

他啊，塔里木垦区派出的带队人——

三五九旅的老战士、南泥湾的突击手。

他们，上海青年参加边疆建设的大队——
军垦农场即将报到的新战友。

几天前，第一次相见——
是在霓虹灯下，那红旗飘扬的街头。

几天后，并肩拉手——
在西去列车上，这不平静的窗口。

从第一天，老战士看到你们啊——
那些激动的面孔、那些高举的拳头……

从第一天，年轻人看到你啊——
旧军帽下根根白发、臂膀上道道伤口……

啊，大渡河的流水啊，流进了扬子江口，
沸腾的热血啊，汇流在几代人心头！

你讲的第一个故事："当我参加红军那天"
你们的第一张决心书："当祖国需要的时候"……

"啊，指导员牺牲前告诉我：
'想到啊——十年后……百年后……'"

"啊，我们对母亲说：

'我们——永远、永远跟党走！……'"

第一声汽笛响了。告别欢送的人流。

收回挥动的手臂啊，紧攀住老战士肩头。

第一个旅途之夜。你把铺位安排就。

悄悄打开针线包啊，给"新兵们"缝缀衣扣……

啊！是这样的家庭啊，这样的骨肉！

是这样的老战士啊，这样的新战友！

啊！祖国的万里江山！……

啊！革命的滚滚洪流！……

一路上，扬旗起落——

苏州……郑州……兰州……

一路上，倾心交谈——

人生……革命……战斗……

而现在，是出发的第几个夜晚了呢？

今晚的谈话又是这样久、这样久……

看飞奔的列车，已驶过古长城的垛口，

窗外明月，照耀着积雪的祁连山头……

但是，"接着讲吧，接着讲吧！
那杆血染的红旗以后怎么样啊，以后？"

"说下去吧，说下去吧！
那把汗浸的镢头开啊、开到什么时候？"

"以后，以后……那红旗啊——
红旗插上了天安门的城楼……"

"以后，以后……那南泥湾的镢头啊——
开出今天沙漠上第一块绿洲……"

啊！祖国的万里江山！……
啊！革命的滚滚洪流！……

"现在，红旗和镢头，已传到你们的手。
现在，荒原上的新战役，正把你们等候！"

看，老战士从座位上站起——
月光和灯光，照亮他展开的眉头……

看，青年们一起拥向窗前——
头一阵大漠的风尘，翻卷起他们新装的衣袖！

……但是现在，已经到必须休息的时候，
老战士命令："各小队保证，一定睡够！"

立即，车厢里平静下来……
窗帘拉紧。灯光减弱。人声顿收……

但是，年轻人的心啊，怎么能够平静？
——在这样的路上，在这样的时候！

是的，怎么能够平静啊，在老战士的心头，
——是这样的列车，是这样的窗口！

看那是谁？猛然翻身把日记本打开，
在暗中，大字默写："开始了——战斗！"

那又是谁啊？刚一入梦就连声高呼：
"我来了！我来了！——决不退后！……"

啊，老战士轻轻地走过每个铺位，
到头又回转身来，静静地站立在门后。

面对着眼前的一切情景，
他，看了很久，听了很久，想了很久……

啊，胸中的江涛海浪！……
啊，满天的云月星斗！……

——该怎样做这次行军的总结呢？

怎样向党委汇报这一切感受？

该怎样估量这支年轻的梯队啊？
怎样预计这开始了的又一次伟大战斗？

……戈壁荒原上，你漫天的走石飞沙啊，
……革命道路上，你阵阵的雷鸣风吼！

乌云，在我们眼前……
阴风，在我们背后……

江山啊，在我们的肩！
红旗啊，在我们的手！

啊，眼前的这一切一切啊，
让我们说：胜利啊——我们能够！

…………
…………

啊！我亲爱的老同志！
我亲爱的新战友！

现在，允许我走上前来吧，
再一次，再一次拉紧你们的手！

西去列车这几个不能成眠的夜晚啊，

我已经听了很久，看了很久，想了很久……

我不能、不能抑止我眼中的热泪啊，

我怎能、怎能平息我激跳的心头?!

我们有这样的老战士啊，

是的，我们——能够!

我们有这样的新战友啊，

是的，我们——能够!

啊，祖国的万里江山、万里江山啊!……

啊，革命的滚滚洪流、滚滚洪流!……

现在，让我们把窗帘打开吧，

看车窗外，已是朝霞满天的时候!

来，让我们高声歌唱啊——

"……鲜红的太阳照遍全球!……"

1963 年 12 月 14 日，新疆阿克苏

选自《人民日报》1964 年 6 月 3 日

灯柱

羊令野

斧斤丁丁，

一种死亡的战栗触及我。

伐木者的宣判，

写在我美丽的年轮上。

——一些春天的回忆录。

我知我不可雕，

一些属于土壤的。

不再

花和果的季节，

额上，蜂蝶们爱情的纠结，

随同死亡。

死亡于午夜我之额灯的橙黄里，

蛾之舞，

翩翩而来。

凄艳的圆，画我的周遭。

而我之额灯，

一枚禁果。

一朵不凋花。

遂感于风的语言，

迷魂曲戛然于柱弦之上。

柱弦之上，

十指冷冷。

而雾之脚从猫眼朦胧中款步而来，

践踏于巷之疲倦的视野。而那

丁丁之声远了，

远了，那些永不离开土壤的。

写于 1964 年

选自刘登翰选编《台湾现代诗选》，春风文艺出版社 1987 年 8 月版

1965^年

枣林村集

李瑛

初进枣林村

听说工作组进了村，
家家迎亲人，
多少门接呀多少窗望，
像土改的同志又回了村。

住谁家？住谁家？
贫农老户王国印！
小屋外，一群群孩子扒窗望，
小屋里，一群群社员挤个紧。

听说住进贫农户，
千百人如火暖透身；
也有人鼻腔子打哼哼，
也有人做梦也难安稳。

不管他，一盏油灯点起来，
点起来呀先看亲人。
乡亲们还是那样憨厚那样稳，
待客的心意仍最真。

老大爷递过一袋烟，
吸一口旱烟情更深；
老大娘端过一碗水，
喝一口井水甜透心。

土改至今十五年，
当年的娃娃已长成人；
十五年，天变高了地变阔，
河变清了井变深。

又修了渠，又办了电，
又铺出道，又栽成林，
人民公社把这个穷洼洼，
变得花香浸枣林。

当年那农协会，
鲜红的颜色可会变？
当年的锣和鼓，
可会走了点和音？

可有人好了伤疤忘了痛？
可有人不辨爱恨忘了本？
从《白毛女》到《夺印》，
多少话要说呀难说尽。

天晚了，先早歇，

以后的日子长得很，

闹革命要闹到底呀，

让咱同踏一条大道，同走一扇门。

大爷呵，以后推碾叫着我，

大娘呵，以后做活我纫针；

劳动手册发一本，

打明起，生产队里再添一人！

雪夜

住在贫农家，

开会回来晚，

水烧得热，

炕烧得暖，

老大娘等呀等得不合眼。

云四合，天色变，

地皮白一片，

从玻璃窗的水气上，

谁知她撩起窗帘望几遍！

夜越是静，

听得越是远，

一遍两遍没声息，

三遍四遍难呼唤。

雪往下压，风往上卷，
天塌地要陷，
从门前踩出的脚印里，
谁知她出去望几遍！
五遍六遍眼望穿，
七遍八遍心发颤；
扑簌簌只有雪打窗，
劈啪啪只见灯花暗。

咯吱吱——
披一身大雪进屋来，
脚带十里寒；
呵呵手，一推门，
炕下火盆红闪闪。

大娘呵，
忙拿过一把炕扫帚，
多少心疼多少怨，
一齐堆满脸：
"快跺跺脚，
快扫扫肩，
亏得还有路送你来，
没被大雪淹……"

转身从灶洞掏出个糖窝窝，

随手又沏下姜汤一大碗：
"今儿晚，
再也别写，再也别算，
天大的事留明天……"

千里离家如在家，
深夜只觉浑身暖；
是真呢？是梦呢？
朦朦胧胧难分辨，
血一涌，嘴一颤，
扑簌簌眼泪滴成串！

村头夜话

为给你找个好对象，
跑断多少腿，磨掉多少牙，
放着大道你不走，
为啥钻山洼！

偏要钻山洼，
山洼就是家！
如今河水要倒淌，
石头要开花！

石头香个啥！
抬头碰脑袋，迈脚啃鞋袜，

山沟抓不起一把土，
埋你的骨渣渣！

有土也是它，
没土也是它；
爱山更爱山里人，
开山就是建国家！

告诉你，人家可——
性子好，有文化，
整天吃香又喝辣，
过日子，还图啥！

还图啥？还图啥？
就图他好吃懒做"搞自发"？
不会使犁，不会拴马，
摆上佛桌供着他？

傻丫头，你可想好，
将来后悔别怪妈！
大衣手表任你选，
只差你一句话。

差我一句话？
快打封"挂号"告诉他：
八抬大轿我不去，

我要去揭发!

去县城的大路上

阳雀催，布谷叫，

吵醒了城厢的阳关道，

看路碑，高昂着头，

看路标，直挺着腰。

一车车化肥一车车药，

一车车种子粮堆得如山高，

那匹匹扬鬃的大红马，

止不住地咴咴叫。

打后面又飞过队自行车，

崭新的瓦圈崭新的条，

小伙子，敞开大襟任风吹，

姑娘们，印花的头巾呼啦啦飘。

忽听锣鼓猛劲敲，

一辆辆卡车又追过了，

喊声落在鼓点上，

车上人不住把手招。

嗬，今天有什么大热闹?

——县里听报告!

又一年生产就开始，
誓师要打响第一炮！

一阵花香十里甜，
十里桃花笑；
从春天看秋天，
今年的丰收又跑不了。

山岗子，河汉子，
满地春如潮；
去县城的路上浪头高，
浪高歌更高！

选自《解放军文艺》1965 年 4 月号，1965 年 4 月 1 日

过渡

张错

把狂热的酒精酿成一滴泪
一滴辛酸，一滴离愁
几点从杨柳枝抖落短亭的雨

今夜无月。也无星。且挥一挥手
我要去寻回千百年前碎了的月光

更进一盏。让蕉风飞去。飞去。

要再看千眼。万眼。看穿你俩的眼。

然后饮尽最后一滴泪。

百合把夜开得醺醉，我仍未将夜哭尽。

如果真是一年底盟誓。该咽下哪一个夕夜

又该举杯饮谁底眼神？谁底默默。

我应折几叶菩提给你们

然后参一些禅。一些恒寂

（当木栅的雨全都散去，

我又该告诉自己一些什么

雨将蒸发，绽朵朵云，飞向太阳）

谁会沉沉地醉。嘤嘤地哭。我会。

写于 1965 年 4 月 木栅

选自《过渡》，台北星座诗社 1965 年版

门或者天空

商禽

时间　在争辩着。

地点　没有丝毫的天空。

　　　在没有外岸的护城河所围

绕着的有铁丝网围

绕着的没有屋顶的围墙里面

人物　一个没有监守的被囚禁者。

（被这个被囚禁者所走成的紧靠

着围墙下的一条路）

在路上走着的这个被囚禁者

终于　离开了他自己的脚步所筑成

的路。

他步到围墙的中央。

他以手伐下里面的几棵树。

他用他的牙齿以及他的双手

以他用手与齿伐下的树和藤

做成一扇门；

一扇只有门框的仅仅是的门。

（将它绑在一株大树上。）

他将它好好地端视了一阵；

他对它深深地思索了一顿。

他推门；

他出去……

他出去，走了几步又回头，

再推门，

他出去。

出来。

出去。

　　在没有丝毫的天空下。在没有外岸的护城
河所围绕着的有铁丝网所围绕着的没有屋顶的
围墙里面的脚下的一条由这个无监守的被囚禁
者所走成的一条路所围绕的远远的中央，这个
无监守的被囚禁者推开一扇由他手造的只有门
框的仅仅是的门
　　出去。
　　出来。
　　出去。
　　出来。出去。出去。出来。出来。出去
　　出。出。出。出。出。出。出。
直到我们看见天空。

　　原载《创世纪》第22期，1965年6月

三月无诗
蓉子

波涛拍岸　三月无诗
我欲渡过此河　以双桨击水
我是迟来的竞渡者

三月无诗

九缪司都沉寂　我欲渡河

去丛林打猎去

因我的家庭饿着

我的老年有饥馑之虞

日影与梦竞走

梦让生活先行

转向红尘剃度

去炼铁炉中走过

变成钢的品种

传说中一颗星黯淡了

倘我离开这城市　有人谈论

谈论无诗的三月和我

——有谁懂得那秘辛

我们是右手建城　左手争战的战士（注）

注：事见《旧约·尼希米记》。

选自《蓉子诗抄》，蓝星诗社 1965 年版

一朵青莲

蓉子

有一种低低的回响也成过往　仰瞻

只有沉寒的星光　照亮天边

有一朵青莲　在水之田

在星月之下独自思吟。

可观赏的是本体

可传诵的是芬美　一朵青莲

有一种月色的朦胧　有一种星沉荷池的古典

越过这儿那儿的潮湿和泥泞而如此馨美！

幽思辽阔　面纱面纱

陌生而不能相望

影中有形　水中有影

一朵静观天宇而不事喧嚷的莲。

紫色向晚　向夕阳的长窗

尽管荷盖上承满水珠　但你从不哭泣

仍旧有蓊郁的青翠　仍旧有妍婉的红焰

从澹澹的寒波　擎起。

　　　　　选自《蓉子诗抄》，蓝星诗社 1965 年版

旅程

郑愁予

对我说　微温的夕阳　如

怀孕的妻的吻　在去年

我们穷过　在许多友人家借了宿

可是　总得有个巢才行

在明春雪溶后　香椿芽儿那么地

会短暂地被喜爱

而今年　我们沿着铁道走

　　　　靠许多电杆木休息

　　　　（真像背标子）

　　　　挤扬旗柱熬更

　　　　（多想吃那复叶）

　　　　而先　病虫害了的我们

在两个城市之间

夕阳又照着了　可是　妻

　　　　　　　　　妻

被黄昏的列车辗死了……咳

就让那婴儿　像流星那么

胎殒吧　别惦着姓氏　与乎存嗣

反正　大荒年以后　还要谈战争

我不如仍去当佣兵

（我不如仍去当佣兵）

我曾夫过　父过　也几乎走到过

写于 1965 年

选自流沙河编著《台湾诗人十二家》，重庆出版社 1983 年 8 月版

海鸥

哑默

小小的翅膀上
翻卷着大海的波浪

身子净洁
饱吸露珠、阳光
细长的尖嘴
衔来星空和汪洋

迎着潮汐呼叫啊
唤着沉默的同伴

写于 1965 年

选自谢冕、唐晓渡主编《在黎明的铜镜中》，北京师范大学出版社 1993 年
10 月版

青简

蔡炎培

你若回来，晨光
不带一山落叶

曾经叩手的门环
不带锈蚀

光是夜；夜独行
背着曾是接天的长道
我们半山晚晚的聊斋
当你、磷质的体态闪着窗

我愿我能在窗前小立
看你头带乌江发
解开满风满蝶的红罗帕
那魂雨的杜鹃花……

每扇门窗都随着影子扩大了
我把你的世界擎在掌心

1965 年

选自姚学礼、陈德锦编《香港当代诗选》，人民文学出版社 1989 年版

本卷作者简介

痖弦（1932—），本名王庆麟，河南南阳人。1949 年参加国民党军队，随之去台。1974 年任《中华文艺》总编辑，1977 年任台湾《联合报》副刊主编，为《创世纪》诗刊三驾马车之一，曾应邀参加艾奥瓦大学国际创作中心。著有诗集《痖弦诗抄》《深渊》《盐》等。

孙静轩（1930—2003），原名孙业河，山东肥城人。曾任中国作家协会重庆市分会《西南文艺》编辑，中国作家协会四川分会副主席等。著有诗集《海洋抒情诗》《孙静轩抒情诗集》，长诗《黄河的儿子》《七十二天》等。

饶阶巴桑（1935—），藏族，云南德钦人。1951 年参军，历任战士、翻译、侦察兵、文化教员、干事，昆明军区政治部文化部创作员，兰州军区政治部文化部专业作家。中国作协云南分会副主席。1955 年开始发表作品。著有诗集《草原集》《石烛》《爱的花瓣》《对生叶之恋》等。组诗《棘叶集》获全国首届少数民族文学创作奖。

沙鸥（1922—1994），原名王世达，重庆人。1940 年用沙鸥笔名开始发表作品。曾在北京《新民报》工作，和王亚平主编《大众诗歌》，在《诗刊》担任编委。1962 年调黑龙江省文联从事专业创作，后主持编辑《北方文学》。著有诗集《农村的歌》《故乡》

《梅》《情诗》等。

公刘（1927—2003），本名刘仁勇，又名刘耿直，江西南昌人。1946半工半读于中正大学法学院，并投身学生运动，1948年初流亡上海，旋赴香港加入中国共产党领导的全国学生联合会宣传部。广州解放后，参加中国人民解放军，随部队进军大西南。1956年到解放军总政治部任职，1957年被打成"右派"。2003年去世。著有长诗《阿诗玛》（与人共同完成）、《望夫石》等，出版《神圣的岗位》《黎明的城》《在北方》《公刘诗选》等多种。

苏金伞（1906—1997），原名苏鹤田，河南睢县人。曾任河南省文联第一届主席，是中国五四以来最杰出的诗人之一。毕业于河南省体育专科学校。1932年开始发表作品。1949年加入中国作家协会。著有诗集《地层厂》《窗外》《鹁鸪鸟》《苏金伞诗选》《苏金伞诗文集》等。1997年1月24日病逝于郑州。代表作《控诉太阳》《无弦琴》等。

刘岚山（1919—2004），笔名胡里、路里等，安徽和县人。曾任人民文学出版社编辑组长、编审等。1939年开始发表作品。著有诗集《漂泊之歌》《乡下人的歌》《和平的前哨》《乡村与城市》等。

洛夫（1928—2018），本名莫洛夫，生于湖南衡阳。1949年迁台，服役于"海军"。1954年与友人成立"创世纪"诗社，任总编辑多年。1973年从台湾淡江文理学院外文系毕业。1996年移民加拿大。作品多次获奖。出版诗集《时间之伤》《灵河》《石室之死亡》《魔歌》《众荷喧哗》《因为风的缘故》《月光房子》《雪落无声》《漂木》《烟之外》《洛夫诗歌全集》等多部，另出版散文集、评论集及译著多部。

邵燕祥（1933—），祖籍浙江萧山。新中国成立后，历任中央人民广播电台编辑、记者、《诗刊》副主编。1958 年被划为"右派"。著有诗集《到远方去》《在远方》《迟开的花》《邵燕祥抒情长诗集》等。

戈壁舟（1915—1986），原名廖信泉，又名廖耐难，成都人。1941 年考入鲁迅艺术文学院文学系。曾任《群众文艺》编辑、西北文联创作室主任、西安作家协会秘书长等职。著有诗集《登临集》《黑海赞歌》《延安诗抄》，叙事长诗《把路修上天》《沙原牧女》等。

李瑛（1926—2019），河北丰润人。1949 年毕业于北京大学中文系。先后任记者、编辑、解放军文艺出版社社长、总政文化部部长、中国文联副主席等职。1942 年开始发表作品，出版诗集《天安门上的红灯》《枣林村集》《红花满山》《春的笑容》等数十部。《我骄傲，我是一棵树》获全国首届优秀诗集奖一等奖，《春的笑容》获全国第二届优秀诗集奖，《生命是一片叶子》获 1998 年鲁迅文学奖诗歌奖等。

田间（1916—1985），原名童天鉴，安徽无为县人。1934 年加入中国左翼作家联盟，担任《文学丛书》《新诗歌》的编辑工作。其诗作尤其注重诗歌的战斗性，表现农民生活的苦难，诗歌《假使我们不去打仗》影响全国，被闻一多称为"擂鼓诗人""时代的鼓手"。其代表作有《给战斗者》《中国牧歌》《中国农村的故事》。

甘永柏（1915—1982），重庆万县人。全国第五届政协常委、副秘书长，民革中央负责人，全国第五届人大常委。1930 年开始发表作品。著有诗集《第一颗星》等。

严辰（1914—2003），原名严汉民，江苏武进人。1933 年毕业于上海正风文学院文学系，1934 年开始发表作品，1941 年参加革命工作，曾任《人民文学》副主编、黑龙江文联副主席、中国作家协会第五届名誉委员及《诗刊》主编、顾问。著有散文集《在城郊前哨》、诗集《唱给延河》《生命的春天》《小沈庄》、报告文学集《光荣的岗位》《信天游选》等。

穆旦（1918—1977），本名查良铮，亦用笔名梁真等，生于天津，原籍浙江海宁。在南开中学求学期间开始写诗。1935 年就读于清华大学外文系。抗日战争开始后随校南迁至昆明。1940 年毕业于西南联大。1948 年夏赴美国芝加哥大学英国文学系学习，1952 年获硕士学位。后回国任教于南开大学外文系，受政治运动冲击。1977 年初因心脏病突发去世。"九叶"派代表性诗人。出版诗集《探险队》《穆旦诗集》《旗》《穆旦诗文集》等，翻译普希金、拜伦、雪莱、济慈、别林斯基等人的诗作和文论多种。

蔡其矫（1918—2007），福建晋江人。幼年随家人侨居印尼，11 岁回国，中学时开始写诗。20 世纪 50 年代初任教于中央文学讲习所，1959 年回福建为专业作家。出版诗集《回声集》《涛声集》《回声续集》《祈求》《双虹集》《生活的歌》《蔡其矫诗选》《蔡其矫诗歌回廊》（1–8 卷）等。

杜运燮（1918—2002），福建古田人。1918 年生于马来西亚霹雳州。现代诗人。与其他诗人合出《九叶集》，这批诗人被评论界称为"九叶诗派"。诗作《秋》发表之后，因为"朦胧"曾被诗评质疑，之后"朦胧"逐渐演变成一个重要诗歌流派。著有诗集《诗四十首》《晚稻集》《南音集》《九叶集》等。

李广田（1906—1968），山东邹平人。1923 年到济南山东省第一师范学校就读，曾因介绍中国进步文学与苏俄作品被捕入狱。1931 年入北京大学外语系，攻读英、日、法文，1935 年北大毕业后，到济南省立第一中学任教。1936 年，与北大学友卞之琳、何其芳合出诗集《汉园集》。抗战胜利后，先后在南开大学、清华大学任教。1948 年加入中国共产党。1949 后任清华大学中文系主任、云南大学校长。1959 年被划为"右倾机会主义分子"，1968 年被迫害致死。

徐迟（1914—1996），原名商寿，浙江吴兴（今湖州）人。诗人、散文家和评论家。抗战爆发后，曾与戴望舒、叶君健合编《中国作家》，协助郭沫若编辑《中原》（月刊）。新中国成立后，曾任《人民中国》编辑、《诗刊》副主编、《外国文学研究》主编。著有诗集《二十岁人》等。

汪曾祺（1920—1997），江苏省高邮人。中国当代作家、散文家、戏剧家、京派作家的代表人物。1950 年任《北京文艺》编辑。1963 年出版《羊舍的夜晚》。被誉为"抒情的人道主义者，中国最后一个纯粹的文人，中国最后一个士大夫"，作品有《受戒》《晚饭花集》《逝水》《晚翠文谈》等。

张元勋（1933—2013），江苏赣榆人，曲阜师范大学中文系教授。致力于先秦两汉魏晋南北朝文学的研究与教学，尤精于楚辞学。

沈泽宜（1933—2014），笔名梦洲，浙江湖州人。中国作家协会会员、湖州师范学院教授，2014 年过世。著有《诗的真实世界》《梦洲诗论》《西塞娜十四行诗》等。

余光中（1928—2017），生于南京，祖籍福建永春。1949 年迁台，1958 年赴美进修，次年获艾奥瓦大学艺术硕士学位。先后任教台湾东吴大学、台湾师范大学、台湾大学、台湾政治大学及香港中文大学，曾任台湾中山大学文学院院长等。1954 年与友人共同创办"蓝星"诗社。其作品多次获奖。出版诗集《舟子的悲歌》《蓝色的羽毛》《莲的联想》《五陵少年》《天国的夜市》《在冷战的年代》《白玉苦瓜》《与永恒拔河》《余光中诗选》等多种，并出版散文集、评论集及翻译作品多种。

王辛笛（1912—2004），笔名辛笛、心笛，江苏淮安人。毕业于清华大学，后在英国爱丁堡大学英国语文系进修。回国后，任暨南大学、光华大学教授、中华全国文艺协会上海分会秘书等，建国后任中国作协第四届理事、上海分会副主席等。著有《珠贝集》《手掌集》《辛笛诗稿》《印象·花束》等。

安谧（1927—2007），又名安米，山东阳信人，1948 年入伍，1964 年大学毕业。后转业至内蒙古自治区，曾任自治区文联负责人。著有诗集《勇敢的骑兵》《桦哨》《新酿的奶酒》《安谧诗选》《夜火》《手拉手》《通天树》等。

吴视（1914—1982），湖北黄陂人，历任北京日报副刊诗歌编辑、《诗刊》编辑。著有诗集《大陆的长桥》等。

魏钢焰（1922—1995），笔名魏开城，山西太原人。当代诗人、散文家。在《解放军文艺》上发表第一首诗《宣誓》。主要作品有散文《船夫曲》《绿叶赞》《艳阳漫步》与诗集《赤泥岭》《灯海曲》。

张贤亮（1936—2014），江苏盱眙人，1936 年生于南京。作家，全国政协委员，企业家。张贤亮 14 岁开始文学创作。1957 年因在"反右运动"中发表诗歌《大风歌》被划为"右派分子"进行劳动改造，1979 年后平反恢复名誉，重新执笔后创作小说、散文、评论、电影剧本。曾担任宁夏文联主席。

浪波（1937—2018），本名潘培铭，河北平乡人。1963 年毕业于河北大学中文系。中国作家协会会员，任中国诗歌学会理事，中国文联委员等。著有诗集《乡情》《花与山泉》《自由之神的雕像》《花非花》《浪波抒情诗选》《神游》《故土》等。

阿红（1952—2015），原名王占彪，陕西华阴人，诗人。1952年毕业于南京大学中文系。曾任辽宁省作家协会书记处书记，《当代诗歌》主编，辽宁省作家协会顾问，中国诗歌学会理事。1979年加入中国作家协会。著有诗集《绿叶》等。

冯白鲁（1917—2005），浙江绍兴人，笔名桑河。广播影视总局电视艺术委员会领导小组成员、顾问，撰稿剧评、影评、诗歌散文等多篇发表。

吴奔星（1913—2004），湖南安化人。1937年从北平师范大学国文系毕业，为1949年后中国大陆最早一批现代文学研究教授，曾发起中国现代文学研究会、中国鲁迅研究会、茅盾研究会并担任理事。著有诗集《春焰》《都市是死海》《人生口哨》等。

孔孚（1925—1997），原名孔令桓，字笑白，山东曲阜人。毕业于山东师范学院史地系，1949年参加革命工作，曾任《大众日报》文艺编辑，山东师范大学中文系副教授、教授。著有诗集《山水清音》《孔孚山水诗选》，诗论集《远龙之扪》等。

楼适夷（1905—2001），原名楼锡春，浙江余姚人。现代作家、翻译家、出版家。早年参加太阳社，曾留学日本，回国后从事左联和文总的党团工作，曾任《抗战文艺》及《文艺阵地》代理主编，《新华日报》编委，人民文学出版社副社长、顾问等。著有诗集《适夷诗存》等。

欧外鸥（1912—1995），原名李宗大，广东东莞人。曾任中华书局广州编辑室主任、总编辑等。著有诗集《欧外鸥诗集》《欧外鸥之诗》与儿童诗集《再见吧，好朋友》《书包说的话》等。

高缨（1929—2019），原名高洪仪，生于河南焦作，原籍天津。当代作家、诗人。曾任《星星》诗刊副主编，后兼任中办西昌县委宣传部副部长。著有叙事诗《丁佑君之歌》《狮子滩人》，叙事长诗《丁佑君》《三峡灯火》等。

张志民（1926—1998），直隶宛平人，1955 年毕业于中央文学讲习所。《北京文艺》主编，北京作家协会副主席，《诗刊》主编，中国作家协会驻会专业作家。著有诗集《死不着》《将军和他的战马》《家乡的春天》《村风》等。诗歌《边区的山》获 1983 年中国人民解放军文艺奖，《"死不着"的后代们》获 1984 年北京文学奖，《今情·往情》获全国优秀新诗奖。

吴琪拉达（1936— ），原名吴义兴，贵州黔南人，彝族（阿孟人）。1956 年毕业于西南民族学院，曾任四川省政协委员、省作协副主席等，1982 年加入中国作家协会。出版有诗集《奴隶解放之歌》《吴琪拉达诗集》等。

罗门（1928—2017），本名韩仁存，生于海南文昌。1949 年赴台，1954 年发表第一首诗作。1955 年加入"蓝星"诗社，1995 年同蓉子参加艾奥瓦大学"国际写作计划"。曾获蓝星诗奖、台湾《中国时报》推荐诗奖等。出版诗集《曙光》《第九日的底流》《死亡之塔》《隐形的椅子》《罗门自选集》《旷野》《时空的回声》《日月的行踪》《罗门编年诗选》，并有文论集等多种。

郑愁予（1933— ），台湾诗人，生于山东济南，1949 年自费出版第一部诗集《草鞋与筏子》，同年赴台湾。1951 年开始在台湾地区发表诗作，1956 年与友人创立现代诗社，1968 年前往美国深造，2005 年返台担任驻校诗人、终身教授，著有诗集《燕人行》《莳花刹那》等近二十部。

郭小川（1919—1976），本名郭恩大，河北丰宁人。1937 年到延安，1941 至 1945 年在延安马列学院学习。新中国成立后，曾任中国作协书记处书记、《诗刊》编委、《人民日报》特约记者等职。1970 年初被下放到湖北咸宁五七干校劳动锻炼。出版诗集《投入火热的斗争》《致青年公民》《雪与山谷》《月下集》《郭小川诗选》等，并有 12 卷本《郭小川全集》。

邹积禄，不详。

李季（1922—1980），原名李振鹏，笔名里计、于一帆等，河南唐河人，现代著名诗人。曾任中共中央北方局党校教育干事，《长江文艺》《诗刊》《人民文学》主编，中国作协副主席等。著有长诗《王贵与李香香》《杨高传》，诗集《玉门诗抄》等。

邹荻帆（1917—1995），湖北天门人，当代诗人和翻译家。1936 年发表长篇叙事诗《做棺材的人》和《没有翅膀的人们》。1938 年后曾与穆木天、冯乃超等创办《时调》诗刊。著有诗集《青空与林》《在天门》《木厂》等。

放平，不详。

吕远，山东海阳人，笔名梧眠，1954 年毕业于东北师范大学音乐系，曾任全国文联委员、中国音乐家协会、创作委员会副主任。1944 年开始发表作品，著有长诗《理发师》《一个党员的手》《小冬木》、歌剧剧本《歌仙—小野卜町》与歌词《克拉玛依之歌》。

李霁野（1904—1997），安徽霍邱人。1927 年毕业于燕京大学中文系，曾任南开大学外语系名誉主任，中国作家协会名誉副主席，中国鲁迅研究会顾问，天津市文联主席，天津市翻译工作者协会名誉会长等。著有诗集《乡愁与国瑞》《海河集》等。

力扬（1908—1964），本名季信，字汉卿，曾用名季春丹，浙江青田人。曾任中国科学院文学研究所秘书主任、研究员，并参加《中国文学史》的编撰工作。著有诗集《枷锁与自由》、《射虎者》（1951 年 8 月再版时改名《射虎者及其家族》）、《我的竖琴》、《给诗人》等。

雁翼（1927—2009），本名颜洪林，河北馆陶人。1942 年参加八路军，在部队历任通讯员、警卫员、通讯班长、政治指导员、文工团团长等职，1949 年开始写诗，1956 年后调作协重庆分会从事专业创作，历任作协重庆分会理事、《奔腾》月刊副主编、《四川文艺》负责人等。出版诗集《大巴山的早晨》《在云彩上面》《黑山之歌》《江海行》《雁翼诗选》等，并出版诗论、小说、散文、剧本等多部。

阮章竞（1914—2000），曾用名洪荒，广东中山人。1937 年后历任游击队指导员、八路军太行山剧团团长、太行文联戏剧部长、中共华北局宣传部文艺处处长、中国作家协会党组成员、北京市作家协会主席。1935 年开始发表作品。1949 年加入中国作家协会。著有长诗《漳河水》《金色的海螺》以及长篇小说《霜天》、剧本《在时代的列车上》等，出版诗集《勘探者之歌》《白云鄂博交响诗》《虹霓集》等。

郭沫若（1892—1978），幼名文豹，原名开贞，字鼎堂，号尚武。著名诗人、作家、学者，中国新诗的奠基人之一、古文字学家、考古学家、社会活动家。与成仿吾、郁达夫等组织"创造社"，代表作诗集《女神》开拓了新一代诗风。

丁明，不详。

张永枚（1932—），号实若，笔名黄桷树等，四川万县人。1950 年四川省立师范学校肄业、参军，后参加抗美援朝战争，在军队历任文化干部、政治部创作员等。出版诗集《新春》《海边的诗》《南海渔歌》《骑马挎枪走天下》《螺号》等，并出版剧本、长篇小说、散文等数种。

魏巍（1920—2008），原名魏鸿杰，笔名红杨树，河南郑州人，当代诗人、散文作家、小说家。1951 年 4 月 11 日在《人民日报》刊登《谁是最可爱的人》在全国引起了广泛影响。著有诗集《两年》《红叶集》《不断集》《魏巍诗选》等。

黄声孝（1918—1995），湖北宜昌人。工人诗人，著有作品集《黄声笑诗集》《地下滑》《歌声压住长江浪》与长篇叙事诗《站起来了的长江主人》等。

杨牧（1940—），本名王靖献，台湾花莲人。台湾东海大学外文系学士、艾奥瓦大学艺术硕士、伯克利加州大学比较文学博士。长期任教于华盛顿大学，曾任香港科技大学教授、台湾东华大学文学院院长、"中央研究院"文哲所所长、台湾政治大学讲座教授等。出版诗集《水之湄》《花季》《瓶中稿》《北斗行》《禁忌的游戏》《介壳虫》《杨牧诗集》等。

辛郁（1933—2015），本名宓世森，浙江慈溪人。1948 年参加国民党青年军，1950 年随军赴台，1969 年退役。1950 年代开始发表作品，先入"蓝星"诗社，后成为"创世纪"诗社重要成员，曾任社长、总编辑等。出版诗集《军曹手记》《豹》《因海之死》《在那张冷脸背后》《辛郁世纪诗选》等，另出版小说、散文集等数种。

陈残云（1914—2002），原名陈福才，笔名方远、准风月客，广州人，新加坡归侨。小说家、剧作家、诗人。1935 年入广州大学读书，出版诗集《铁蹄下的歌手》。1944 年回桂林，积极参与抗敌救亡活动，1946 年到香港从事左翼文艺工作，并继续编辑《文艺生活》和《中国诗坛》。

张默（1931—），本名张德中，安徽无为人。1949 年赴台，1951 年开始发表诗作。1954 年与友人创办"创世纪"诗社。后任职华欣文化事业中心，主编《中华文艺》月刊。曾获"创世纪"创刊 20 周年纪念奖、第四届世界诗人大会纪念奖牌等。出版诗集

《紫的边陲》《上升的风景》《无调之歌》《张默自选集》《陋室赋》等，另出版诗论集等多种。

刘文玉（1930—2008），吉林省辽源人。当代诗人、剧作家，享受国务院政府特殊津贴，第二批辽宁省优秀专家。

蓝曼（1922—2002），原名文瑞，笔名叶柏，河北衡水人。著有诗集《老艄公》《坦克奔驰》《蓝曼诗选》《扪心集》《莺啼及其它》等。

康朗英（1903—1977），傣族，云南西双版纳人。10 岁出家当和尚，16 岁开始演唱生涯，25 岁还俗，1930 年代开始发表作品，1949 年任县文化馆馆员。代表作品有《流沙河之歌》《澜沧江之歌》、短诗《幸福的开端》。

严阵（1930—），原名阎桂青，山东莱阳人。历任《胶东日报》编辑、安徽省文艺创作研究室副主任、《清明》副主编、《诗歌报》主编。著有诗集《江南曲》《琴泉》、散文集《牡丹园记》、长篇小说《荒漠奇踪》、中篇小说集《南国的玫瑰》等。

臧克家（1905—2004），曾用名臧瑗望，笔名少全、何嘉，山东诸城人。曾任《诗刊》主编、中国诗歌学会会长，2004 年去世。出版有诗集《烙印》《宝贝儿》《罪恶的黑手》《自己的写照》《运河》以及文论集《在文艺学习的道路上》等多种。

冰心（1900—1999），原名谢婉莹，原籍福建福州。著名诗人、作家、翻译家、儿童文学家。曾任中国民主促进会中央名誉主席、中国文联副主席、中国作家协会名誉主席等职。中国现代文学史上第一位著名女作家，以宣扬"爱的哲学"著称。著有诗集《春水》《繁星》等。

林亨泰（1924—），台湾彰化人。1950 年于台湾师范大学教育学系毕业。笠诗社发起人之一，首任主编。追求诗歌现实与现代的融合，著有诗集《长的咽喉》《抓痕集》等。

商禽（1930—2010），本名罗显烆，曾用笔名罗马、罗燕、罗砚等，四川珙县人。1946 年从军，1950 年随军去台，1968 年退役，后从事过多种职业。1956 年加盟"现代派"，1959 年加入"创世纪"诗社。1969 年获福特基金会奖助，赴美参加艾奥瓦大学"国际写作计划"。出版诗集《梦或者黎明》《用脚思想》等。

刘章（1939— ），原名刘玺，字尔玉，笔名东旭，别号雾灵山人、燕山痴子，河北兴隆人。当代著名诗人，曾任中国歌谣学会副会长、中国乡土诗人协会会长，作协河北分会主席团委员等。著有《刘章诗选》《刘章乡情诗》《刘章散文选》《北山恋》等诗文集。

巴·布林贝赫（1928—2009），蒙古族，内蒙古昭乌达盟（今赤峰市）巴林右旗人，诗人，学者，教授。著有蒙文诗集《你好，春天》《黄金季节》等，汉义诗集《东风》《生命的礼花》等以及论著、译著多种。

羊令野（1923—1994），本名黄仲琮，安徽泾县人。早年入军界，1950 年到台湾，曾主持《前进报》，1968 年任"全军文艺工作队"诗歌队队长，1975 年退役。1956 年与友人创办《南北笛》诗刊，1970 年与诗友筹组"诗宗社"，后发行《雪之脸》等丛书型诗刊数期。出版诗集《血的告示》《贝叶》等，并有散文集、评论集等数种。

纪弦（1913—2013），本名路逾，生于河北清苑，祖籍陕西秦县。1929 年以"路易士"笔名开始写诗，1933 年毕业于苏州美专。1945 年改用"纪弦"笔名，1948 年赴台任教于中学至退休，1956 年成立"现代派"，1976 年赴美定居。出版诗集《摘星的少年》《饮者诗抄》《纪弦自选集》《晚景》《半岛之歌》《宇宙诗抄》《纪弦诗拔萃》等。

白萩（1937—），本名何锦荣，台湾台中人。1958 年出版第一本诗集《蛾之死》，参加"蓝星"诗社、"创世纪"诗社、"笠"诗社等。出版诗集《风的蔷薇》《天空象征》《白萩诗选》《香颂》、诗论集《现代诗散论》等。1956 年获第一届"中国新诗奖"，1985 年获第十九届吴三莲奖。

管管（1929—），本名管运龙，山东青岛人。随军队去台湾，任军职多年。退役后工作于广播界与演艺界，长期参与电影电视和舞台剧的演出。艾奥瓦大学访问作家，曾获香港现代文学美术协会现代诗首奖、台湾第二届中国现代诗首奖。出版诗集《荒芜之脸》《管管诗选》《管管世纪诗选》等。

叶维廉（1937—），广东中山人。1949 年去香港，1955 年入台湾大学外文系，1959 年入台湾师范大学英语研究所，后获硕士学位。1963 年赴美留学，先后获艾奥瓦大学美学硕士和普林斯顿大学比较文学博士，后任职于美国加州大学。1970 年任台湾大学外文系客座教授，1980 年任香港中文大学英文系教授等。出版诗集《赋格》《醒之边缘》《叶维廉自选集》及学术著作《中国诗学》《道家美学与西方文化》等多种。

纳·赛音朝克图（1914—1973），原名赛春阿，蒙古族诗人。曾担任中国作家协会理事、内蒙古自治区文联副主席、中国作家协会内蒙古自治区分会副主席等职。著有《幸福和友谊》《金桥》《笛声与清泉》《红色瀑布》等诗集。

昌耀（1936—2000），本名王昌耀，生于湖南常德。1954 年开始发表诗作，因 1957 年发表的《林中试笛》被划为"右派"，长期遭受监禁、劳役。1979 年后调任中国作协青海分会专业作家。出版《昌耀抒情诗集》《昌耀的诗》《昌耀诗文总集》等。

傅仇（1928 - 1985），原名永康，四川荣县人。1950 年参军，学习文艺创作，参加剿匪和土地改革。曾任《星星》诗刊执行编辑和《四川文艺》诗歌组组长。先后出版《森林之歌》《雪山谣》《伐木者》等 10 余部森林诗集和散文集。

芦萍（1931—），原名杨凤翔，黑龙江巴彦人。曾任吉林省作家协会副主席，《诗人》杂志社主编、编审。《长春》编辑部副主任、执行副主编等，著有《芦萍诗选》等。

彭邦桢（1919—2003），湖北黄陂人。美籍华人，曾任美国世界诗人资料中心主席，其代表作有《花叫》《月之故乡》等。

贺敬之（1924—），山东枣庄人。1942 年毕业于延安鲁艺文学系。历任鲁艺文工团创作组成员、华北联大文学院教师、中央戏剧学院创作室主任、《人民日报》文艺部副主任、文化部副部长、中共中央宣传部副部长、文化部代部长等。1940 年代开始发表作品。出版诗集《朝阳花卉》《放歌集》《回答今日的世界》《贺敬之诗选》等，另出版有评论集《贺敬之文艺论集》《贺敬之谈诗》及六卷本《贺敬之文集》等多种。

汪承栋（1930—2018），湖南永顺人，现代土家族诗人。1951 年参加中国人民解放军，1953 年转业到中南民族歌舞团创作研究室任创作员，1979 年加入中国作家协会。著有《雅鲁藏布江》《拉萨河的性格》《汪承栋诗选》等诗集。

闻捷（1923—1971），原名赵文节，曾用名巫之禄，江苏丹徒人。1938 年参加革命工作，曾任新疆分社社长、中国作协第二届理事、兰州分会副主席，著有诗集《天山牧歌》《生活的赞歌》与长诗《复仇的火焰》等。

曾卓（1922—2002），本名曾庆冠，湖北黄陂人。1939 年开始发表作品，1947 年毕业于中央大学历史系。历任汉口大刚报社副刊《大江》主编、《大刚报》副总编辑、长江日报社副社长、武汉市文联副主席等。《老水手的歌》获全国第二届诗集奖。出版诗集《门》《悬崖边的树》《给少年们的诗》《曾卓抒情诗选》等，并出版诗论集、散文集等多种。

金波（1935—），原名王金波，河北冀州市人，1961 年毕业于北京师范学院中文系。历任首都师范大学教授，中国作协儿童文学委员会委员，北京作家协会理事、儿童文学创作委员会主任。著有诗集《回声》《红蜻蜓》《林中月夜》《风中的树》等。

康朗甩（1913—2006），原名岩甩，云南景洪人。早年曾当僧侣，1949 年后历任县、州歌手协会副主席，景洪县文化馆副馆长，1930 年代开始文学创作。著有诗集《住山村望北京》《傣家人之歌》等。

屠岸（1923—2017），原名蒋壁厚，笔名叔牟，江苏常州人。1946 年毕业于上海交通大学。曾任上海市军事管制委员会文艺处干部、中国戏剧家协会研究室副主任、人民文学出版社现代文学编辑室总编等。著有《屠岸十四行诗》《深秋有如初春——屠岸诗选》等。

蓉子（1928—），本名王蓉芷，江苏涟水人。1948 年赴台，1951 年开始写诗，1955 年与诗人罗门结婚，参加"蓝星"诗社。1995 年参加艾奥瓦大学"国际写作计划"。诗作多次获奖。出版诗集《青鸟集》《七月的南方》《这一站不到神话》《蓉子诗抄》《横笛与笠琴的晌午》《夏，在雨中》《蓉子自选集》《雪是我的童年》等。其写作文类主要为新诗，兼及散文与儿童文学。

李幼容（1935—），山东人，解放军总政歌舞团著名词作家，国家一级编剧，音乐诗人，1955 年开始发表作品，曾出版诗集《天山进行曲》等 4 部，歌词代表作为歌曲《金梭和银梭》。

周雨明（1933—1998），内蒙古五原人。1959 年开始发表作品，1984 年加入中国作家协会。著有诗歌《银燕在腾格里大漠上盘旋》与诗集《在沙漠》等。

那沙（1918—2000），原名林澄思，广东博罗人。先后就读于延安抗日军政大学和鲁迅艺术文学院文学系。曾任安徽省文联名誉主席、省作协名誉主席。著有诗集《英雄岩》《关于自己的广告》、抒情诗《悲壮的婚礼》、叙事诗《金桂之歌》等。

黄翔（1941—），湖南武冈人。1958 年在《山花》发表民歌体诗歌，1978 年办油印民间刊物《启蒙》，1997 年起旅居美国。主要诗文集有《狂饮不醉的兽形》《黄翔禁毁诗选》《总是寂寞——太阳屋手记之一》《非纪念碑——一个弱者的自画像》《我在黑暗中摇滚喧哗》《独自寂寞中的悄声细语》《裸隐体与大动脉》等。

陈敬容（1917—1989），原名陈懿范，原籍四川乐山。1935 年开始发表诗歌，为九叶派诗人。代表作品《窗》《盈盈集》《老去的是时间》等。

袁水拍（1915—1982），原名袁光楣，笔名马凡陀，江苏吴县人。解放战争期间曾任《新民报·晚刊》《大公报》编辑，1949 年调《人民日报》工作，担任文艺部主任。著有诗集《马凡陀的山歌》《沸腾的岁月》《歌颂与诅咒》等。

张万舒（1938—），原名张清海，笔名张东泉，安徽肥西人。曾任新华出版社社长兼总编辑。1958 年开始发表作品，著有诗集《黄山松》《追寻的足音》《山格海魂》等。

沙白（1925—），原名李涛，笔名鲁氓等，江苏如皋人。1949 年参加工作，1958 年任《萌芽》诗歌编辑，1980 年调至江苏省作家协会从事专业创作。著有诗集《杏花春雨江南》《大江东去》《沙白抒情短诗选》等。

未央（1930—），本名章开明，湖南常德人。1949 年 8 月，参加中国人民解放军某部宣传队，参加过衡宝战役、滇南战役、桃源剿匪等。1950 年 10 月，参加中国人民志愿军赴朝从事部队文艺工作。曾任湖南文联副主席、湖南作协主席。出版诗集《假如我重活一次》、小说集《巨鸟》等。

铁衣甫江·艾里也夫（1930—2001），维吾尔族，新疆霍城人。曾任中国作家协会民族文学委员会主任委员。著有《东方之歌》《和平之歌》《唱不完的歌》《歌颂我的祖国》等诗集。

金炳兴，不详。

高准（1938—），上海金山人。1946 年到台湾，1961 年毕业于台湾政治大学政治系，1964 年获台湾中国文化学院硕士。澳大利亚悉尼大学东方文学系博士。曾任台湾《诗潮》诗刊总编辑、台湾中国文化大学教授等。出版诗集《丁香结》《高准诗抄》《葵心集》等，并有论著、编著多种。

薛柱国（1936—1997），歌曲《我为祖国献石油》词作者，出版《我为祖国献石油：著名词作家薛柱国作品选》。

张错（1943—），生于澳门，毕业于香港九龙华仁英文学院，1962 年入台湾政治大学西语系，1967 年赴美，后获得比较文学博士学位，现任教于南加州大学。曾出版诗集《过渡》《死亡之触角》《鸟叫》《错误十四行》等。

哑默（1942—），本名伍立宪，贵州贵阳人。1963 年高中毕业于贵阳五中，1964 年起开始在贵阳市郊野鸭塘小学任代课教师。1970 年代末创办民间刊物《崛起的一代》《现代诗》等。1979 年自印诗集《哑默诗选》，出版诗集、文集《乡野的礼物》《墙里化石》《见证》等。

蔡炎培（1935—），笔名杜红，生于广州，1938 年移居香港。台湾中兴大学农学院毕业，后长期任香港《明报》副刊编辑。出版诗集《小诗三卷》《变种的红豆》《蓝田日暖》《中国时间》《十项全能》等。